蒙塔巴诺警长探案系列

蒙塔巴诺警长探案系列

蒙塔巴诺警长探案系列

天蛾之翼

[意] 安德烈亚·卡米莱里　著

张　莉　译

LE ALI DELLA SFINGE

Andrea Camilleri

新华出版社

图书在版编目（CIP）数据

天蛾之翼 / (意) 安德烈亚·卡米莱里著 ; 张莉译.
-- 北京 : 新华出版社, 2017.12（蒙塔巴诺警长探案系列）
ISBN 978-7-5166-3780-7

Ⅰ.①天… Ⅱ.①安… ②张… Ⅲ.①长篇小说－意大利－现代
Ⅳ.①I546.45

中国版本图书馆CIP数据核字（2017）第318011号

著作权合同登记号：01-2016-2584

天蛾之翼

［意］安德烈亚·卡米莱里 著　　张　莉　译

选题策划：黄绪国		**责任印制**：廖成华
责任编辑：王金英		**封面设计**：李尘工作室

出版发行：新华出版社
地　址：北京石景山区京原路8号　**邮　编**：100040
网　址：http://www.xinhuapub.com
经　销：新华书店、新华出版社天猫旗舰店、京东旗舰店及各大网店
购书热线：010-63077122　　**中国新闻书店购书热线**：010-63072012

照　排：臻美书装
印　刷：三河市君旺印务有限公司

成品尺寸：130mm×185mm　1/32
印　张：7.25　　　　　　　　**字　数**：150千字
版　次：2018年1月第一版　　**印　次**：2018年1月第一次印刷

书　号：ISBN 978-7-5166-3780-7
定　价：36.00元

1

那些清晨究竟发生了什么？让他在醒来时，毫无来由，就总感到有一股单纯的幸福贯穿全身？

不是因为万里无云，微风和煦，阳光四射。不是，是一种不一样的感觉，与天气带来的感受无关。如果一定要他解释的话，那就像是与万物和谐的感觉，与无垠宇宙的宏大节奏完美契合，仿佛从出生起便已注定。

胡说八道？虚空幻想？也许吧。

但不争的事实是，他曾经多次有过这种感觉。然而，在过去几年里已经好久不见了，荡然无存，无影无踪。事实上，现在每天早晨都有一种抗拒的感觉，本能的抗拒，抗拒新的一天中等待着他的事情，被迫接受新一天的到来，即使未来几个小时并没有什么事等他处理。

现在一抬起眼皮，他会立刻又合上，回到黑暗当中再待上几秒。放在以前，他睁开眼睛后会一直睁着，甚至会双目圆睁，贪婪地吸收着日光。他想，这肯定是年龄的原因吧。但蒙塔巴诺二马上推翻了这个结论。

几年来，警长体内一直住着两个蒙塔巴诺，他们总是意见相左。

一个说东，另一个肯定说西。这一次也不例外：

"这跟年龄有什么关系？" 蒙塔巴诺二说。"你一个56岁的人怎么会已经觉得老了呢？你想知道真相吗？"

"不，"蒙塔巴诺一说。

"好吧，我还是要告诉你。你非要觉得老了是因为这种感觉适合你。因为你已经对自己的身份和职务感到厌倦了，所以你编造了变老这个借口。但如果你真的有这样的感觉，你为什么不现在就写一封像样的信去辞职呢？"

"然后我做什么？"

"扮演一个老年人啊。买条狗陪着你，早上出门买报纸，坐在长椅上，放狗胡乱跑跑，从讣告栏开始读报纸。"

"为什么从讣告栏开始？"

"因为每当你读到某个同龄人死去，而你依然活着的消息时，你就会获得一点满足感，帮你再打发二十四个小时。一个小时后呢？"

"一个小时后你和狗就可以去遛弯儿了。" 蒙塔巴诺一冷冰冰地说。

"好吧，那么，起床，上班，别再当讨厌鬼了。" 蒙塔巴诺二果断总结道。

他洗澡时电话响了。他让身后的水流着，自己光着身子去接电话。阿德莉娜晚些时候才会来打扫房间的。

"头儿，打扰你了吗？你醒了吗？"

"没有，坎塔，我睡醒了。"

"你确确确确定吗，头儿？"

"不，你不用担心。怎么了？"

"头儿，我早上给你打电话还能是什么事呢？"

"坎塔，你意识到给我打电话从来没有好事了啊？"

停了一下之后，坎塔雷拉的声音噎住了。

"头儿！你为什么要这么说？你是想羞辱我吗？如果能由我决定，我每天早上都会用真正的好消息叫醒你，比如说你赢了30亿里拉的大奖，或者你升了局长，又或者……"

都没听到门响，警长突然看到阿德莉娜站到了他面前，手里拿着钥匙盯着他。她为什么来得这么早？他感到尴尬，本能地转向电话来捂住了下体。显然男性的臀部与前面相比不那么羞耻。女管家迅速逃进了厨房。

"坎塔，想打赌吗？我知道你打电话的原因，某处发现了一个死人，我说得对吗？"

"也对也不对，头儿。"

"哪儿错了？"

"是一个死的女人，头儿。"

"听着，奥杰洛警探在那儿吗？"

"他已经到现场了，头儿。但是奥杰洛警探让我打电话给你，头儿，说你最好也亲自来一趟。"

"她是在哪儿被发现的？"

"莫尔坎桥附近的阿塔萨尔赛托，头儿。"

那里离蒙特鲁萨很远，警长不想开车去。

"派车来接我。"

"车都在修理厂，哪儿都去不了，头儿。"

"它们同时都坏了？"

"不是的，头儿，它们都能开。是没有买汽油的钱了。法齐奥给蒙特鲁萨警局打了电话，但是他们只是告诉他耐心点儿，因为还在走流程，几天后就到了，但是不多……只够机动小队用的，副警官加鲁梭斯在那儿守着。"

"他的名字叫加鲁夫，坎塔。"

"他叫什么名字都无所谓，关键是您明白我的意思，头儿。"

警长咒骂了一声。警察局没有汽油，法院没有纸，医院没有温度计，政府倒是在考虑修墨西拿海峡大桥。但部长、副部长、次长、局长、参议员、商会代表、地区代表、内阁首脑、拎包助理等等，这些没用的家伙从来不缺汽油。

"你通知检察官、法医和帕斯夸诺医生了吗？"

"通知了，头儿。但是帕斯夸诺医生特别特别不高兴。"

"为什么？"

"他说现在自己'到处都是'，没有两三个小时到不了现场。头儿，你能给我解释一下吗？"

"当然，坎塔。"

"是什么意思？"

"意思是，他同时在很多个不同的遥远地方。告诉奥杰洛，我出发了。"

他走进浴室，穿上了衣服。

"咖啡好了。"阿德莉娜告诉他。

他一走进厨房，女管家上下打量着他说：

"你知道你仍然是个好看的男人吗，先生？"

仍然？仍然这词是什么意思？蒙塔巴诺沉下脸来。但是接着蒙塔巴诺二立即出现了。"哦，不，你不能！你不能生气！你是在反驳自己，想想看，不到一个小时以前，你还觉得自己是个老朽了呢！"

最好换个话题。"今天来得怎么这么早？"

"因为我要坐公共汽车去蒙特鲁萨找索姆马蒂诺法官谈一谈。"

索姆马蒂诺是一所监狱的监督法官。女管家有两个儿子，小的那个就关在他那里。帕斯夸里是个惯犯，蒙塔巴诺自己就逮捕过他两次。警长还是他大儿子的教父。很明显，法官会好言相告，然后把他打发回家缓刑了。

咖啡很棒。

"再来一杯，阿德利。"

既然帕斯夸诺医生会晚点儿到，他也就不必着急了。

※

在希腊人时代，塞尔赛托河曾经是一条大河，罗马人那会儿是小河，意大利统一时是溪流，法西斯执政期间是涓流。随着民主时代的到来，它终于沦为非法的垃圾场。1943 年盟军登陆期间，美国人在如今已经干涸了的河床上架起了一条铁桥，但几年后的一个晚上，这座桥消失了。在夜色降临与朝阳初升之间，小偷们把桥拆了个精光，只剩下个名字。

警长在一块空地停了下来，那里已经有五辆警车、两辆私家车和一辆停尸房的运尸车了。几辆警车都属于蒙特鲁萨中央警局；至于两辆私家车，一辆是米米·奥杰洛的，另一辆是法齐奥的。

怎么蒙特鲁萨警局有汽油，而我们却一滴也没有？警长恼怒地自言自语。他选择不回答。

奥杰洛一看见他下车就走了过来。

"米米，你就不能自己把事情处理好吗？"

"萨尔沃，我受够你了。"

"你什么意思？"

"我的意思是，如果我没让你来这儿，过一阵子你会把我逼疯的。你会说：你为什么没有告诉我这个，为什么没告诉我那个……"

"尸体怎么样？"

"死了。"奥杰洛答道。

"米米，这样的俏皮话还不如背后挨一枪。再开一枪吧，我也会给你一枪，算正当防卫。我会再问你一遍：尸体怎么样？"

"年轻，二十出头。或许是外国人。她应该很漂亮。"

"你鉴定了吗？"

"你在开玩笑吗？她浑身赤裸裸的，一件衣服也没有，甚至连个手提包都没有。"

他们走到空地的边缘。一条狭窄的牧羊小道通向大概三十英尺大的垃圾场。小道尽头站着一群人，警长认出了法齐奥、首席法医，和弯着腰像个人体模型似的帕斯夸诺医生。另一方面，托马塞奥检察官正站在路中间，看到了警长。

"等一下，蒙塔巴诺，我马上过去。"

"怎么了？帕斯夸诺在这儿吗？"蒙塔巴诺问道。

米米困惑地看着他。

"他为什么不在这儿？他半个小时以前就到了。"

很明显，这个医生冲可怜的坎塔雷拉发脾气完全是为了做样子。众所周知，帕斯夸诺的性格非常令人讨厌，很喜欢让别人无法忍受自己。他有时会故作姿态，只是为了维护面子。

"你难道不过来吗？"托马塞奥一边问，一边气喘吁吁地向上爬。

"去做什么？你已经见过她了。"

"她肯定是个非常漂亮的人。美妙的身体。"检察官说，眼睛兴奋地闪闪发光。

"她是怎么被杀的？"

"被一把大口径左轮手枪一颗子弹打到脸上。已经面目全非，完全认不出来了。"

"你为什么觉得是左轮手枪？"

"因为取证的人找不到弹壳。"

"在你看来发生了什么？"

"哎呀，很明显啊，我的朋友！显而易见！显然，这两个人在那片空地上停下来，走下车，沿着那条小道到了隐蔽的干涸河床上。女孩脱掉衣服，性交之后……"他停下来，舔了舔嘴唇，"那个男人冲她的脸开了枪。"

"那他为什么这么做？"

"我不知道。这就是我们要调查清楚的地方。"

"听着，那时候有月亮吗？"

托马塞奥困惑地看着他说，"好吧，这不是一次浪漫的邂逅，你知道的，根本不需要月光，他们去那里仅仅是为了……"

"我想我知道他们在那里做什么，先生。我的意思是，既然过去几天晚上都没有月光，我们应该发现两具尸体，而不是一具。"

托马塞奥现在看起来已经彻底懵了，"为什么是两具？"

"因为在漆黑的夜里爬下来肯定会摔断脖子，他们俩。"

"你在说什么啊，蒙塔巴诺？他们肯定有手电筒啊！他们当然会计划好！不幸的是，我得走了。希望听到你的好消息。再见。"

"你觉得事情是这样吗？"蒙塔巴诺在托马塞奥走后问米米。

"要我说，那只是托马塞奥的性幻想。他们为什么去垃圾场做爱？那里散发着恶臭，呼吸都困难！还有能啃你骨头上的肉的大胖耗子！在空地上就行了。这是有名的情人胜地，每天晚上都有人来这搞。你在周围转过了吗？避孕套的海洋！"

"你跟托马塞奥说了吗？"

"当然。但你知道他怎么回答的吗？"

"我能想象到。"

"他说那两个人去垃圾场做爱是有可能的，因为周围被粪便包围着做爱更令人兴奋。一种对腐臭的喜好，明白了吗？只有托马塞奥这类人的脑子才能想出来！"

"好吧。但如果这个女孩不是专业的妓女，那么空地有这么多轿车，还有这么多卡车经过，有可能她……"

"去垃圾场的卡车不经过这里，萨尔沃。他们在另外一侧卸车，那边有专门为重型车辆准备的斜坡。"

法齐奥的头在小道的上方突然出现，"头儿，早上好。"

"他们还会在这里待很久吗？"

"不会的，头儿，再待半个小时左右吧。"

警长不想看到首席法医万尼·阿克。他对万尼有一种发自内心的反感，对方也一样。

"他们来了。"米米说。

"谁？"

"看那边。"奥杰洛指着蒙特鲁萨那边答道。

从省道下到垃圾场的肮脏土路上方，有一大片云，看起来就像龙卷风一样。

"天呐，媒体！"警长大喊道。

很明显，局长办公室有人泄露了秘密。

"办公室见，伙计们，"他说着奔向自己的车。

"我也要回去。"奥杰洛说。

※

他不想去垃圾场的真正原因是，他不想看到必然会看到的东西。奥杰洛已经说过，死者是二十岁上下的小姑娘。过去他很害怕临近死亡的人，而对已经死亡的人没什么感觉。现在，还有过去几年里，他再也无法忍受年轻的生命就那么突然永远离开人们的视线了。在内心深处，他完全反对那种违背天性的行为，他认为那是最大的亵渎，即使年轻死者生前是个骗子或杀人犯。更不用说孩子了！每次晚间新闻播放小孩子死于战争、饥荒或疾病，尸体支离破碎的新闻时，他会马上关掉电视……

"这是因为你父性本能受挫。"他向利维娅坦率地表达这种感受时，利维娅作出了这样的结论，带有明显的恶意。

"我从没听过父性本能，只听过母性本能。"他反驳道。

"好吧，如果这不是父性本能受挫，"利维娅坚持说，"或许这意味着你有祖父情结。"

"我都还没当爸爸，怎么会有祖父情结？"

"有什么关系呢？没听过癔病性怀孕吗？"

"就是一个女人没有怀孕，但是出现了一切孕期症状。"

"是的。你发了癔病性祖父情结。"

自然而然，讨论最后变成了烦人的争吵。

※

在警察局门口，警长就听到了坎塔雷拉疯狂的讲话声。

"不，局长先生，先生，警长不能来接电话，因为他不在。他不在警局，他一直都在萨尔赛托……喂？喂？他这是挂了吗？喂？"

他看到了蒙塔巴诺，"啊，头儿！刚刚是局长。"

"他想做什么？"

"他没说，头儿。他只说想尽快跟你谈一下。"

"好的。晚点儿我会给他回电话的。"

他的桌子上有堆积如山的文件等着签字。他的心沉了下去，今天他可不怎么走运。他扭头往回走，经过了坎塔雷拉的小房间。

"我马上就回来。我去喝杯咖啡。"

喝完咖啡，他又抽了一根雪茄，散了一小会儿步。然后回到办公室，打电话给局长，"我是蒙塔巴诺。听您的命令，先生！"

"别逗我！"

"为什么，我做了什么？"

"你说了：听您的命令，先生！"

"所以呢？我应该说什么？"

"重要的不是你说什么，而是你做什么。我下达了命令，你要坚决执行，但我不能、也不敢想象你会怎么样处理我的命令！"

"局长先生，我决不允许自己去做你所想的那些事。"

"换个话题吧，蒙塔巴诺，最好是这样。皮卡洛的事情怎么样了？"

蒙塔巴诺感到很迷惑。什么皮卡洛？他不认识当地任何的短笛制造商。"啊，局长先生，我不认识任何乐器制造商。"

"看在上帝的份上，蒙塔巴诺！你在说什么啊？朱利奥·皮卡洛是个人，不是乐器；他退休了，七十岁，还有……听着，蒙塔巴诺，认真听着我要说的内容，你可以当成最后通牒：关于这件事，明天上午我要完整的书面报告。"

他挂了。显然，朱利奥·皮卡洛，这个他完全不记得的人的文件肯定被埋在面前那座纸山里了。他有勇气进山吗？尽管如此，他慢慢伸出右手，然后飞快地戳了一下顶部的文件，就跟抓一只可能会咬人的动物似的。他打开文件，下巴都掉下来了。不是别的，正是朱利奥·皮卡洛的。他都想跪下感谢圣安东尼了，肯定是他显神迹了。他打开卷宗开始阅读。皮卡洛先生的织物商店被烧毁了。消防队员已经确定原因是纵火。皮卡洛先生宣称，这是因为他拒交保护费。另一方面，警方却认为是皮卡洛先生自己烧了铺子骗保。然而，有一些事说不通。朱利奥·皮卡洛出生在利卡塔，居住在利卡塔，他的店铺也在利卡塔的主干道上。那么，为什么这个案子不是由利卡塔警方，而是维加塔处理呢？答案很简单：因为在蒙特鲁萨中央警局那里，他们分不清利卡塔警方和维加塔警方。

警长拿起一支圆珠笔，还有一张维加塔警局的信笺，写道：

尊敬的局长先生：

　　维加塔不是利卡塔，利卡塔也不是维加塔，它们被搞混了，先生。在你看来的不作为，对您发出命令的不作为，除了对辖区划分的尊重别无其他。

签字盖章。官样文章唤醒了内心久违的诗意情怀。没错，韵脚不太严整，但博内蒂·阿德里奇永远也不会注意到的。警长给坎塔雷拉打了电话，把皮卡洛的文件和信给他，告诉他在备忘录上登记之后寄给局长。

2

　坎塔雷拉出去后不久，从垃圾场回来的米米·奥杰洛出现在门口。他看起来很紧张。

　"进来吧。任务完成了吗？"

　"是的。"他坐到了椅子沿上。

　"怎么了，米米？"

　"我必须回家一趟。回来的路上，贝巴打电话给我说急需我帮忙，因为萨尔乌左斯肚子疼，哭个不停，她看来哄不住他。"

　"他经常有这个毛病吗？"

　"很经常，都快烦死我了。"

　"你的态度在我看来不像个父亲。"

　"如果你有一个像我这么烦人的儿子，你可能会把他扔出窗外。"

　"但是贝巴为什么给你打电话，而不给医生打，那样岂不更好？"

　"当然。但贝巴没有我在她身边什么也做不了。她一点没有主见。"

　"好吧，告诉我该告诉我的，你就可以回家了。"

"我设法跟帕斯夸诺谈了谈。"

"他告诉你什么了吗？"

"你知道他是什么样的人。每次发生谋杀案，他就弄得好像是专门针对他似的，摆着个臭脸。对他来说就是冒犯，就是蔑视。而且一年不如一年。天呐，真讨厌！"

蒙塔巴诺内心深处十分理解帕斯夸诺。

"也许他再也不能忍受解剖尸体了。所以，跟我说说吧。"

"他虽然一直咒骂着，但我还是套出了一些情况。他认为这个女孩不是在尸体被发现的地方遇害的。"

"等一下。发现她的人是谁？"

"塞尔瓦托·艾瑞克。"

"天刚亮的时候，他在那附近做什么？"

"这家伙每天早上第一件事就是去垃圾场，翻腾可以回收的东西，修好了再卖出去。他告诉我，现在他发现的很多东西几乎是全新的，没怎么用过。"

"你刚刚才发现消费主义吗，米米？"

"艾瑞克一到那儿，看到尸体，就打手机给我们了。当我讯问他的时候，我意识到，除了电话里说的情况，他别的什么都不知道。所以我让他留下住址和电话号码，就让他走了。没办法，他真的很难受，一直呕吐。"

"你是说，帕斯夸诺说，那个女孩是在别的地方被杀的。"

"是的。尸体周边几乎没有一丝血迹。本来应该有的，而且有很多。此外，帕斯夸诺注意到，尸体上有多个地方破损和受伤，可能是从空地那边扔下去的时候，从斜坡上滚动受到撞击导致的。"

"这些刮伤不可能是被杀死前搏斗时造成的吗？"

"目前帕斯夸诺把这一点排除了。"

"他很少出错。停车的那块空地发现血迹了吗？"

"没有，那儿也没有。"

"这就证实了帕斯夸诺的观点：她是遇害之后被带到那儿的。或许被放在汽车后备箱里。医生能辨别她已经死了多久吗？"

"那是最重要的部分。他说验尸之后才能确定；但大致来看，发现时至少已经死了 24 个小时了。"

"这本身就足够奇怪了。"

"但为什么会有人把尸体隐藏整整一天？"

米米举起了双手。"我真的说不好，但情况看起来就是这样。可能还有一件重要的事，我是说可能。尸体是背部着地躺着的，但后来帕斯夸诺把它翻过来了。"

"所以呢？"

"在左肩膀，肩胛骨附近，有一只蝴蝶的文身。"

"好吧，那可能会帮助我们识别死者身份。法医拍了照片吗？"

"拍了。我告诉他们把照片寄给我们，但希望不大。"

"为什么？"

"萨尔沃，你记不记得我结婚之前经常没几天就换女朋友？"

"记得，你会让唐璜嫉妒而死的。所以呢？"

"如今在女生中最流行的文身就是蝴蝶图案。她们在身体每个能想象的部位纹蝴蝶。想想看，有一次我竟然发现一只蝴蝶纹在……"

"不用告诉我详情，"警长恳求他。"替我向贝巴问好，把坎塔雷拉叫来。"

坎塔雷拉十分钟后出现了。"不好意思，头儿，但是库扎尼蒂浪费了一些时间在档案上。我们忘了编号是 3705 还是 3706 了。后来我们想到了办法。"

"你给了哪个编号？"

"两个号码拼起来，3756。"

好了，这个档案算是永远找不到了，找一百年也白搭。

"听着，坎塔。在电脑上查找失踪人员的名单，看看是否有一个大约二十岁、左肩胛骨附近有蝴蝶文身的女孩的报告。"

"什么样的蝴蝶，头儿？"

"我怎么知道，坎塔？就是一只蝴蝶。"

"我马上就去，头儿。"

法齐奥到了。他走进来，坐了下来。

"你要告诉我什么？"蒙塔巴诺问道。

"帕斯夸诺医生确信这个女孩……"

"是在其他地方遇害的，我知道。奥杰洛已经告诉我了。你怎么想的？"

"我同意。我甚至得出了确切结论：女孩是遇害后被扒光衣服的。"

"是什么让你这么认为的？"

"因为如果她被害时是裸体的话，她的脖子、肩膀和乳房应该都是血，而不是干净的。而且要记住，都一个星期没有下雨了。"

"我明白了。所以血液是在当时她穿的衣服上就没了，而不是皮肤上。"

"对。尸体裸着被扔到垃圾场，又多了一些擦伤、青肿和撕裂。如果她穿着衣服的话，她就会少受一点伤。最重要的是，她被咬了。"

蒙塔巴诺立刻感到胸口一阵恶心。

"你什么意思？她被咬了？哪儿？"

"她右大腿内侧有三处被咬了。但帕斯夸诺医生不想跟我说这个，他不知道是人还是动物干的。"

"让我们希望是动物吧。"

这正是他们需要的结论！杀人犯是个狼人，半人半兽。

"他说什么时候去验尸吗？"

"明天一早。"

坎塔雷拉手里拿着一张纸，上气不接下气地跑进来。

"我只找到一个二十岁左右的女孩，还打印出了她的照片。但是报告中没有关于蝴蝶的内容。"

"给法齐奥吧。"

法齐奥接过报告，瞥了一眼，又还给了坎塔雷拉，"不是她。"

"你怎么能这么肯定？"警长问。

"因为这个女孩的头发是深褐色的。死去的女孩是金发。"

"难道她没可能染了头发吗？"

"饶了我吧，头儿。"

坎塔雷拉有点失望，灰溜溜地走了。

"不知道为什么，我不觉得这个女孩是个妓女。"法齐奥说。

"也许是因为如今很难说谁是妓女。"

法齐奥冲他露出一副迷惑的样子。

"头儿，妓女的意思一直是出卖皮肉的女人，不光是现在啊。"

"说起来容易，法齐奥。"

"你什么意思？"

"我给你举个例子。比方说，一个二十岁的漂亮女孩，家里很穷。有人要把她拍到电影中，但是她拒绝了，因为她是个人格高尚的人，害怕被演艺圈污染。然后她遇到一个五十岁上下的商人想娶她。他很丑但特别有钱。女孩同意了。她不爱这个男人，不觉得他有吸引力，年龄也差得太大。但她觉得，随着时间的推移。她可能会喜欢上他。他们结婚了，作为妻子，她的行为无可指责。现在，根据你的定义，当女孩决定答应商人时，不是为钱出卖她的身体吗？当然她是。但你想说她是一个妓女吗？"

"耶稣基督啊，头儿！我只是大胆说出了一个想法，你就写出了一整本小说！"

"好吧，随它去吧。是什么让你觉得她不是干这行的？"

"我不知道。她没有涂口红或化妆。她打扮得整齐干净，但并不过分……呸呸呸。我能说些什么呢？这只是我的印象。但是帮个忙，别再根据这个印象写出另一本小说了。"

"法医什么时候把照片寄给我们？"

"今天下午。"

"所以我要走了，再见。"

※

赶到饭馆时，他发现轧制金属百叶窗放下了一半。他弯腰进了进去。桌子已经准备好了，但都空着。厨房里没有香味飘出来。恩佐，餐馆的老板兼服务员，正坐着看电视。

"怎么没人？"

"警长，首先，今天是周一，我们不开门，你忘了吧？第二，就算不是周一，现在也还早，都没到十二点半呢。"

"我想我还是走吧。"

"不准走！坐下！"

如果还不到十二点半，为什么他那么饿？然后他想起来了，头一天晚上没吃饭。利维娅给他打了一通长长的、充满火药味的电话，结果他彻底忘了阿德莉娜把饭菜放在平底锅上热着了。利维娅在脑子里画了一张共同生活的资产负债表，其间夹杂着相互的指责和道歉。冰箱里本来有图马佐奶酪和橄榄，可他打完电话心烦意乱，也没了坐下来吃的兴致。

"我搞到了一些龙虾，警长，看着很棒。"

"大个的还是小个的？"

"什么样的都有。"

"来个大个的吧。煮了就行，什么都不要撒。至于第一道菜，要是你不嫌麻烦，来一大份蛤蜊酱意大利面吧，白色的那种。"

这样一来，没有强烈的酱汁味道在嘴里，他可以更好地品尝龙虾，只加橄榄油和柠檬的龙虾。

当他正要开始吃龙虾的时候，非法垃圾场的画面出现在了电视上。摄影师从空地上方将盖着白色单子的尸体摄入了镜头。

"一次可怕的犯罪……"一个声音出现在镜头之外。

"马上把电视关掉！"警长大喊道。

恩佐把电视关掉后惊讶地看着他，"怎么了，警长？"

"不好意思，"蒙塔巴诺说，"只是……"

人类多么快就成了食人族啊！自从电视进入家庭，每个人就习惯于吃面包和尸体。从中午十二点到下午一点钟，晚上从七点到八点半，也就是说饭点，不止一家电视台在直播破碎尸体的画面，切碎的、烧伤的、受虐的世界各地的男女老少。手法残忍而又精妙，富有想象力。

没有哪一天电视台不把世界上某个地方的战争播放给每个人，所有人。你会看到有人处于饿死的边缘，没有一分钱去买面包，却要射杀同样忍饥挨饿的其他人，用火箭筒、卡拉什尼科夫冲锋枪、导弹、炸弹等所有超现代武器。这些比药品和食品要贵多少啊。

他想象了一对夫妻的对话，丈夫在餐桌旁准备坐下来吃饭。

"今天你做了什么，卡塔里娜？"

"第一道菜是意大利面，配的是从炸弹炸死的孩子身体里取出内脏做的酱。"

"很好。主菜是什么？"

"小牛肉，添加了从自杀式炸弹袭击者炸毁的市场里买回的调味品。"

"天啊，卡塔，我已经在舔手指了！"

※

为了尽可能长时间在舌头和上腭之间保留龙虾的味道，他开始习惯性地到码头漫步。路上他又遇到了那个垂钓者，他老是在这儿。两人寒暄了之后，垂钓者提醒说："警长，我跟你说，明天有暴雨，会很冷。一整个星期都会是这样。"

他从来没有猜错过。蒙塔巴诺的灰暗心情好不容易因为龙虾好了点，现在又回去了，而且比之前还糟。是不是天气本身已经疯了？这个星期还是热死人的赤道，下个礼拜就是冻死人的北极？这怎么搞的？要么热死，要么冷死？两者之间的好天气哪去了？

他坐在最喜欢的平整石头上，点燃了一支烟。然后他开始思考。

凶手为什么把女孩的尸体扔进垃圾场？

当然不是为了防止尸体被发现而把它藏起来。

凶手完全知道尸体几个小时后会被发现。另一方面，他已经尽可能给识别女孩身份制造了困难。因此，他把她弄到垃圾场只是为了摆脱她。

但如果他能在杀了她的地方把尸体藏起来，一整天都不会有人发现，他为什么不把她放到那儿呢？或许那不是一个安全的地方。怎么不安全？

如果凶手已经能够杀死女孩，还能保存尸体那么长时间而无人注意，那他为什么要冒风险弃尸在垃圾场？只能有一个原因：必要性。也就是说，他不得不移动尸体。但是为什么呢？

答案是从龙虾那里得到的。更准确地说，是从龙虾的余味里得到的，从舌头遥远的底端重新浮上水面的余味。因为是周一，他去吃饭时，恩佐的餐馆正好不开门。因为是周一，这意味着女孩是周六被杀的，周日放在原处，然后周日到周一晚上转转移到垃圾场。或者，更有可能的是，周一一大早，那时没有多少妓女或嫖客的车停在垃圾场上方的空地上。

这是什么意思？这意味着，他骄傲地告诉自己，女孩被杀害的地方肯定是一个周六下午和整个周日都关闭、但周一上午开放的地方。

当他意识到有多少机构周六下午和周日关闭时，这个迅速得出的结论带来的热情就迅速消退了：学校、政府机构、私企公司、内科诊所、工厂、公证处、车间、批发店、零售店、牙医诊所、仓库、小卖店、烟草商店……几乎相当于整个维加塔。事实上，如果他真的想想，情况还要更糟。因为谋杀可以发生在私宅。比如，丈夫把妻儿送去乡下度周末就行了。简而言之，一个小时的冥思苦想一文不值。

※

回到警局，他发现了法医的一个信封，里面有照片，一式两份。警长不喜欢阿克，一见到他就晕得慌；不过实话实说，他工作没得说。

照片旁边是一份备忘录，抬头没有"亲爱的"或其他问候语。不过反正他自己也是这么做的。

蒙塔巴诺：

这个女孩绝对是被大口径枪支所杀害。不管是左轮手枪还是信号枪，现在看来完全无关紧要。射击距离较近，15-20英尺，因此毁伤效果巨大。子弹从左颚骨进入，恰好在右侧太阳穴处穿出，呈斜向上轨迹，致使受害者的面部特征完全无法辨认。我认为帕斯夸诺医生得出的结论会对你非常有用。

阿克

活着的时候，她肯定是一个真正的美女，就算不是米米·奥杰洛这样的行家也看得出来。

初步判断，她大概五英尺十一英寸高。金发，长发散落。被杀时她肯定盘着一种圆髻，有部分头发没有盘上去而是遮着脸，只是这张脸现在已经不见了。她的腿特别长，像舞蹈演员或运动员。

蒙塔巴诺看了看全身图，又仔细端详了一番重点拍文身的那几张放大图，蝴蝶图案很清晰。他把其中一张放到夹克口袋里，连同女孩后背的照片，肩胛骨处的文身清晰可见。

"我几个小时后就回来。"出门之前，他对坎塔雷拉说。

※

他把车停到自由频道电视演播室前，但是在进去之前，他点燃了一支香烟。室内不许吸烟。每次看到禁止吸烟的牌子，他从来都是照做的，有时可能还会骂两句。

现在可怜的老家伙到哪才能抽会儿烟？甚至在厕所都不行。在你后面进来的人闻到烟味都会给你一副不悦的表情。就那么一眨巴眼的工夫，狂热恨烟者同盟就出现了。

有一次，他碰巧经过一个公园，嘴里叼着一根烟。但是有两位年高德劭的八十岁老头无缘无故地互相用手杖打彼此的脑袋。他们当时火气太大，打个不停，于是蒙塔巴诺亮明警长身份，上前劝架。然后，那两位老绅士就结成了针对他的统一战线。

　　"你应该为自己感到羞愧！"

　　"你在吸烟！"

　　"亏你还自称执法者！"

　　"你就是个抽烟的。"

　　他走开了，让这两个老头儿继续用手杖去打破彼此的头。

3

"早上好，警长。"门口的女孩看见他走进门时说。

"早上好。我朋友在吗？"

蒙塔巴诺是自由频道大家庭的一员。

"是的，他在办公室。"

他走到长廊的最后一扇门前，敲了敲。

"请进！"

他走了进去。尼科洛·齐托本来在读书，抬起头来，认出是蒙塔巴诺，便笑着站了起来。"萨尔沃！见到你真是惊喜！"

两人拥抱了一下。

"谭恩和弗朗西斯科怎么样？"警长一边问，一边坐到了桌前的一把椅子上。谭恩是尼科尔的妻子，她的烹饪手艺好得跟天使一样。弗朗西斯科是他们唯一的儿子。

"他们都很好，谢谢。弗朗西斯科今年就要参加毕业考试了。"

蒙塔巴诺犹豫了。他不是昨天还和弗朗西斯科玩警察抓小偷吗？昨天尼科尔不还是红头发吗，今天怎么都白了？

"你家利维娅怎么样？"

"她很好，很健康。"

从这句外交辞令式的回答，尼科尔知道蒙塔巴诺日子过得不太如意。"出什么事儿了？"

"好吧，我们在经历一段感情危机。"

"56岁，还危机？"老朋友齐托半讽刺半逗乐地说。"不要逗我发笑了！到我们这个年纪，可没什么回头路了。"

警长决定最好立即转到重点上来。

"我来是谈谈那个被杀的女孩。"

"你进来我就明白了，我能为你做什么？"

"我需要你帮个忙。"

"为您效劳，像往常一样。"

蒙塔巴诺把两张照片从口袋里掏出来递给他。

"今天早上没人告诉我们这个女孩有文身。"尼科尔说。

"现在你知道了，独家。"

"这是一个很艺术的文身，翅膀的颜色很漂亮。"齐托评论道。接着他问，"还不知道是谁？"

"是的。"

"你想让我做什么？"

"我想让你把这些照片在晚间新闻上播出，深夜快讯和午夜新闻再重播两遍。"

"我们想知道，有谁知道二十岁出头的女孩有这样的文身。你可以说，欢迎匿名电话。当然，号码要给到你这里的。"

"为什么不是给警局的？"

"你知道坎塔雷拉会捅出什么娄子吗？"

"我至少可以说是你在进行调查吧？"

"可以，直到局长把案子从我这调走为止。"

※

在返回维加塔的途中，落日把他吸引住了。多美丽啊，跟明信片上一样，反而有些不真实了。看起来，最好是回到马里内拉的家，从阳台上欣赏它，而不是办公室。垂钓者不是预测会连续一个星期下雨吗？他必须抓紧最后的机会。

不过，或许还是去一趟局里吧，告诉坎塔雷拉一声，然后再离开。事实证明，这是个错误的决定。

"啊，头儿，头儿！是皮卡雷拉夫人！"

"在电话里？"

"电话？她就在这儿，头儿！她在等你！"

"就跟她说，我刚刚打过电话说不去办公室了。"

"我已经告诉她了，头儿，我自己说了。但是她说，如果需要的话，她要一整晚都待在这儿，直到你决定回来。"

"啊，讨厌鬼！"

"好吧，算了。我回办公室。五分钟后让她进来。"

阿图罗·皮卡雷拉的绑架案一周前就开始办理了。皮卡雷拉五十岁，是个富有的木材批发商，自己在小镇外建造了一栋美丽的别墅，与妻子奇奇纳一起住在那里。奇奇纳的醋劲全城闻名，甚至在公共场合也不例外。当然，她丈夫的猎艳心切同样全城闻名。他们的儿子已经结婚了，在卡尼卡迪担任银行柜员，关系不是很近，差不多每个月回维加塔看望他们一次。

一天晚上，大概一点钟，夫妇二人都被一楼的噪音吵醒了。首先他们听到了脚步声，接着一把椅子被打翻了。显然是有人破门而入了。

接着，他命令妻子不要起床，自己穿好运动外套和鞋子后，拿上放在床头柜抽屉里的手枪，下楼，马上胡乱射了起来，大概是觉得这是新的自卫法规所允许的。不久之后，惊恐中的奇奇纳太太听到前门打开又关闭了。此时她站起身跑到窗口，看到她的丈夫双手向上举着，被一个蒙面人用一把枪指着走进了自己的车。车开走了，从此阿图罗·皮卡雷拉就失踪了。这就是焦虑不安的奇奇纳太太所说的情况。

应该补充的是，同皮卡雷拉一道消失的还有约五十万欧元，这是前一天木材商人从银行取出来的，据说是给一个项目结账，没有人知道是什么买卖。从那一刻起，每天早晨或晚上皮卡雷拉太太都会到警局询问是否有丈夫的消息，一次比一次火气大。绑架者从未出来索要赎金，皮卡雷拉的车也没有找到。

然而，米米·奥杰洛和法齐奥一分到这个案子，马上就对案子得出了一种与皮卡雷拉太太不一样的看法，而且连细节都很全。

他们已经查明，皮卡雷拉的子弹全都打空到天花板上了，天花板看起来比滤网还要糟糕。同时，盗贼显然手无寸铁，因为他没有还击，没有逃跑，但是不知怎么就做出了反击，还夺下了枪。

此外，前门不是强行打开的，保险柜也不是强行打开的，保险柜之前藏在皮卡雷拉王朝的开创者、阿图罗的曾祖父菲利波·皮卡雷拉的巨幅画像后面。

为什么小偷没有偷皮卡雷拉太太放到边桌上的三千欧元？那是她丈夫当晚给她，让她第二天付给供应商的。为什么他不拿走曾祖父的纯金鼻烟盒？就放在那儿，所有人都能看到，就压在三千欧元上边。

此外，为什么阿图罗·皮卡雷拉，据他妻子描述，一直穿着T恤和内裤睡，怎么会那么快穿戴整齐下楼面对小偷呢？到目前为止，根据他们的长期经验，奥杰洛和法齐奥理所当然地认为，任何人在半夜被盗贼吵醒时，通常是直接从床上爬起来，面对小偷时可能只穿着睡衣、内衣，或者干脆裸着。这个批发商的行为即使说不上可疑，也是很奇怪。

奥杰洛和法齐奥向上级提交了一份报告，得出了一个决不能透露给奇奇纳太太的结论。结论与城里流传的一则谣言不谋而合：阿图罗·皮卡雷拉在去瑞典购买木材回来的飞机上迷上了一位空姐。总之，奥杰洛和法齐奥认为，皮卡雷拉先生与朋友合伙演了一出假绑架的戏。事实上，他是在可爱的空姐陪伴下前往巴哈马或马尔代夫共度几个月的美好时光。另一个细节不可忽视：阿图罗·皮卡雷拉的护照恰好放在那个夜晚他穿的运动外套里。

"警长，"奇奇纳太太从被领进来之后，显然一直在克制着咆哮的冲动，"我完全是出于良心跟你说，我已经向部长提交了一份报告。"

蒙塔巴诺一点也不理解。"向部长报告？"

"哦，是的。"

"关于什么的？"

"关于你。"

"关于我？为什么？"

"因为你对我可怜丈夫的失踪根本就不重视！"

他花了整整一个小时说服她回家。他对一连串谎言发了誓，说有一队一队的警察正在乡下搜寻皮卡雷拉先生，甚至有的警察分队都是从远处调来的。

※

日落也就这点时间。当他赶到马里内拉时，太阳早已经下山了。他啪的一声打开电视，收看自由频道，正好看到遇害女孩文身的照片。尼科洛·齐托正在做自己要求他做的事。

蒙塔巴诺看完了新闻节目。四百名第三世界难民已经从兰佩杜萨上岸，随后被送至集中营，好吧，应该是第一接待营。一家地区银行的分行被三名武装男子抢劫。一家超市起火，一起很明显的纵火案。某个可怜的无家可归的乞丐被附近闲得没事的五个年轻人打了。一名十四岁女童被强暴……

他将频道换到了维加塔电视台。电视里是脸长得像鸡屁股的时政评论员皮波·拉贡涅丝。当拉贡涅丝提到警长名字的时候，他正要再次换频道。

"……由于他赖以成名的不作为——这个词可能用得不太好，但实际情况只会更糟——我们确定这个在萨尔萨图发现的新的惊人罪行尚未破案。杀死可怜女孩的凶手至今逍遥法外。至今仍未解决的悬案还有商人阿图罗·皮卡雷拉的离奇绑架案。在这方面，我忍不住要把观众的注意力聚焦到皮卡雷拉太太向我们讲述的粗暴待遇，至少是来自上面谈到的蒙塔巴诺警长的无礼对待。"

他关上电视，打开了冰箱。他看到了四条仿佛是上帝送来的胭脂鱼，只要煎一下就可以吃了。他的心脏顿时雀跃了起来。

皮波·拉贡涅丝就会胡说八道。蒙塔巴诺把鱼滑进平底锅，放在灶上。为了避免前一天晚上的悲剧重现，也就是说，免得利维娅一通电话就让美味佳肴喂了狗，他专门把电话线拔了。

坐在阳台上，他端出胭脂鱼，味道不错，但是不如阿德莉娜做得松脆。他觉得还能吃，于是又到冰箱里搜刮了一番，发现半盘剩下的茄丁酱沙拉。仔细闻了闻之后，他说服自己它还没坏，就拿出来给吃光了。

他把电话插了回去。然后他想，假如利维娅打电话发现没人在家，那会怎么样？鉴于他们之间的海域波浪汹涌，刮着七级大风，利维娅会倾向于认为，原因显然是他不想接她的电话。最好是先打电话给她吧。他拨打了她在鹿嘴村的座机，但是没人接。然后他试着拨了手机。

"您所拨打的电话已关机或……"也许她去看电影了，晚点儿会打回来。他坐回到阳台上抽了一根烟。

不幸的是，我跟利维娅的关系已经来到了十字路口，他觉得必须做出抉择了，他感到自己被一波又一波的忧郁压倒，眼睛快速地眨了几下。

要扔掉年复一年的爱恋、信任和合作关系需要很大的勇气。即使没有得到法律或教会的认可，他同利维娅仍是不折不扣的婚姻关系。每当他听到主教们公开宣称反对同居关系的时候，他就想大笑。就他所见，有多少获得了神父或政府"认可"的婚姻比他和利维娅的关系更长久呢？

另一方面，维持现状也需要极大的勇气。有一件事是肯定的：他们欠对方一份澄清，把难看的、纠结的真相血淋淋地扒出来。但是不能通过电话，单单声音是不够的。两个身体也要参与，一个眼神胜过千言万语。

电话响了。他看了看手表。晚上十一点，肯定是利维娅。他一边去接，一边想着要请她下个星期六到维加塔来。

"是蒙塔巴诺警长吗？"一个老人的声音说，他一开始没听出来。

"是的，你是？"

"布尔焦校长。"上帝啊，他都多长时间没有老人的音讯了！从校长的妻子去世之后，布尔焦搬到了当教师的女儿在费拉的家中。他如今多大岁数了？九十岁？

"抱歉我这么晚打电话。"布尔焦说。

"没事，没事！您还好吗？"

"过得去。我打电话给你，是因为我在自由频道看到了可怜的遇害女孩的文身。"

"你知道她是谁？"

"没有，我打电话是讲蝴蝶文身的事。"

"我不知道您还是蝴蝶方面的专家。"

"我不是，我女婿是。我这么晚打给你，是因为他明天一早就要出门，一走就是一个礼拜。如果你不介意，我现在就把话筒交给他。"

"当然可以。谢谢。"

"你好,我是加斯帕雷·莱昂蒂尼。"布尔焦的女婿说。"我收藏蝴蝶标本,有那么几件玩意。不过您注意啊,我就是个业余票友……"

那些词让蒙塔巴诺浮想联翩。曾几何时,至少在十九世纪小说里,蝴蝶标本收藏用处可不小,是个把漂亮女孩诱到卧室的好借口。穿着短裤、长着大胡须的骗子会说,"来看看我的蝴蝶收藏吧",女孩子们便会上钩或假装上钩,最终不可避免地像蝴蝶一样被钉住。之后,漂亮女孩就变聪明了,要是男人没有支票簿收藏……

"你好,你还在吗?"莱昂蒂尼问。

"当然,当然。请继续。"

"呃,在电视上看到那个图案的时候,我就跟岳父说,也许我可以……但是或许你已经了解情况。"

他需要一点鼓励,莱昂蒂尼先生确实需要。

"我什么也不知道,我向你保证。"

"那好吧。那只蝴蝶是斯芬克斯。"

天呐,斯芬克斯跟蝴蝶有什么关系?斯芬克斯不是在埃及吗?这正是他需要的消息。"恕我冒昧,是什么意义上的斯芬克斯?"

"事实上是一只天蛾(Sphinx moth)。天蛾科是蛾类下面的一个科。鳞翅目下已知有十八万个物种,但基本可分为两个亚目,即蝙蝠蛾科的轭翅亚目和异脉亚目。"

"是一公一母吗？"蒙塔巴诺问道，彻底糊涂了。警长将"两个亚目"错误地理解成了"两性"。

"我有点晕。"莱昂蒂尼说。

"好吧，因为你说了，轭翅亚目和异脉亚目，我觉得……"

"与性别无关。"

"不好意思。"

"轭翅亚目包括谷蛾科、卷蛾科、多翼蛾科、蟆蛾科……简言之，这些也被称作小鳞翅目，同时包括常见的夜蛾……"

蒙塔巴诺表示不满，不愿继续谈论常见的夜蛾。

"莱昂蒂尼先生，我们可以回到斯芬克斯身上吗？"

"当然，对不起，跑题了。天蛾的特点是体肥多毛，且后翅比前翅小。"

"蛾通常有几个翅膀？"

莱昂蒂尼回答之前犹豫了一下。他一定想知道，为什么会有人从来没有好好打量过一只蛾子或蝴蝶。"四个。"

警长从来没有注意过，他觉得有点尴尬。

"天蛾是迁徙性的。"莱昂蒂尼继续道。

"迁徙？它们不是寿命很短吗？"

"这个物种能够跨海越洋。"

"什么意思？"

"是真的，尽管很多人都不知道。在迁徙过程中，它们沿直线飞行，到达目的地后恢复正常的模式，也就是飞折线，好像不确定和困惑一样。当然它们是夜行的，我相信你以前看到过。"

他哪怕在春天的清晨都没见过蝴蝶，"请告诉我，莱昂蒂尼先生，它们有原产国，或者说一般分布在哪些区域呢？"

"大部分蛾和蝴蝶是不迁徙的。给你举几个例子，在秘鲁你能找到迁粉蝶属，在哥伦比亚有大闪蝶腺介虫，在摩鹿加群岛有凤蝶，或者，还是在秘鲁，那里有袖斑蝶属，或者……"

天呐，话匣子打开了！

"在哪里能找到天蛾呢？"

"到处都有，只要附近有马铃薯田。"

"为什么啊？"

"因为它们的幼虫靠马铃薯为生。"

警长感谢了莱昂蒂尼，同样感谢了布尔焦，然后挂了电话。

现在他至少可以写出一篇关于鳞翅目的 C+ 学期论文了，但在调查上没有任何进展。电话虽然很长但毫无用处。他想知道这个蛾的形象可能意味着什么，但还是一头雾水。或许是女孩胡乱翻阅目录的页面时随机选的。

在阳台上一边吸烟，一边眺望着远处船上的灯光，就这样过了一个小时后，很明显利维娅不会打电话来了，于是他上床了。睡着之前，突然之间，一个痛苦的想法闪过脑海。

他和利维娅之间的爱情就跟天蛾的轨迹一样。最开始，多年以来，它一直是笔直的、确定的、专注的、坚定的，能够跨越整个海洋。接着，在某一点上，那条优美的直行线分解了，曲折地蜿蜒前行。它变得——莱昂蒂尼怎么说的来着——不确定和困惑。

这个想法折磨着他，让他一晚上没睡安稳。

4

在警局的停车场，他把车停到了一辆法拉利旁边。那车是谁的呢？不管实际注册的名字是谁，肯定是个白痴。因为只有一个白痴才会开这样的车在城里乱晃悠。还有一类蠢货，跟开法拉利的白痴很相似。他们去购物也要开着越野车——四轮驱动、车头灯、路灯、雾灯、铲子、应急梯、指南针、沙尘暴特殊挡风玻璃雨刷，一应俱全。那么最近那些疯子们呢？开悍马的那些呢？

"啊，头儿！" 坎塔雷拉大喊道。"有个人从九点就一直在等你，他说想当面找您私谈。"

"他提前约了吗？"

"没有，头儿。但是他说事情很重要。他的名字叫……"他停了下来，低头看了一下纸片。"他给我写在这儿了。他的名字叫德渡渡。"

这可能吗？跟已经灭绝的不会飞的鸟同名？

"你确定这是他的名字吗，坎塔？"

"我发誓，头儿。然后有两个人打电话过来找……"

"你可以晚点再告诉我。"

预料之中，走进他办公室的四十多岁的男人与坎塔雷拉写下来、念出来的名字不同：弗朗西斯科·迪诺托。他穿着阿玛尼西装、高端休闲皮鞋，没有穿袜子，戴着劳力士，衬衫敞着，露出了蓬乱的、肆意生长的黑色胸毛中的黄金十字架。

他肯定就是开着法拉利晃悠的白痴，但警长想确认一下。

"你的车真漂亮。"

"谢谢。那是一辆360摩德纳。我还有一辆保时捷卡雷拉。"

两台屁股冒烟花的破车。

"我能为你做什么？"

"事实上，是我想为你做点什么。"

两台屁股冒烟花的破车再加上自以为是。

"前天我在古巴待了一个月后回来了。我经常去那里。"

"去度假还是因为你是个共产主义者？"

那个人给了他一个困惑的表情，然后开始笑。

"我说了什么这么好笑？"

"我，共产主义者？有法拉利和保时捷？你能想象我是个共产主义者吗？"

"事实上，迪诺托先生，我能。我还知道如何想象。恰恰因为这样的两辆车，穿阿玛尼，戴劳力士……别想这个了，好吗？那样挺好。所以你去古巴是因为文化方面的原因吗？"

他是在故意激怒对方，但对方甚至没有意识到这一点。

"我去古巴是因为我在那儿有三个女朋友！"

"三个？同时？"

"是的。当然了，她们不知道彼此的存在。"

"当然。但是告诉我，仅仅是出于个人的八卦心：你在这儿有几个呢？"

迪诺托笑了。"在这儿我有一个妻子和一个两岁的儿子。我的公司是岳父出钱办起来的，你懂我的意思吧？在这里我不能惹事，我必须堂堂正正做人。"

我希望你妻子也有三个男朋友，蒙塔巴诺想，自然也不让你知道。但是他没有说出来，只是说："不好意思，你公司做什么业务？"

"鱼类出口。"

难怪鱼卖得这么贵！都换了这个混蛋的车子和小三了！

"你刚才跟我说古巴。"

"是的。我在哈瓦那的最后一个晚上，也就是说三天前，我和玛拉，我的女朋友之一去了一家夜总会。突然，我看见一个男人进来，坐到了我们桌子旁边，身旁是一个美貌的金发女郎。他是真的喝醉了，但看起来很面善。事实上，盯着他看了一会儿就认出来了。"

"他是谁？"

"阿图罗·皮卡雷拉。"

蒙塔巴诺从椅子上跳了起来。"你确定？"

"绝对肯定。我不知道他怎么了。但昨天我妻子告诉我，他被绑架了，之后杳无音讯。我的下巴都掉下来了，但我什么都没有对妻子说。我想应该先来这，看看我能做点什么。"

"你做得对。听着，迪诺托先生，你在看到皮卡雷拉的地方之前还去了其他地方吗？"

"当然。从7点到9点，我在安雅那儿，'大女朋友'；然后从9：30到11点我在谭雅那儿，'二女朋友'；之后从午夜到凌晨2点跟玛拉在一起，我叫她……"

蒙塔巴诺说："我们就叫她……"

"新女朋友。"

"我明白了。所以你几点去的那个夜总会？"

"大概凌晨2：30。"

"很自然，你在几个女朋友那里都喝了一些吧？"

"当然。我明白你的意思。不，先生，我没有喝醉。我看到的那个人肯定是阿图罗·皮卡雷拉。好多年了，我一直跟他在俱乐部玩。"

"所以，你为什么没有走过去打招呼呢？"

"你在开玩笑吗？那可能会令他难堪。"

"迪诺托先生，你的证词当然是非常重要的。但是不足以去……"

"你看看这个，"那个人打断了他。

他从夹克衫口袋里抽出一张照片递给蒙塔巴诺。上面显示迪诺托在亲吻一个女孩。但同时拍照者也捕捉到了邻桌的一部分。那张跟金发女郎咬耳朵的男子无疑就是失踪的皮卡雷拉，蒙塔巴诺已经在奇奇纳太太带给他的无数张照片中看到过无数次了。

因此，奥杰洛和法齐奥在这个人去了哪个国家过温柔乡上弄错了。是去了古巴，而不是马尔代夫或巴哈马。

"你能把这张照片留给我吗？"

"说起来容易做起来难。"

"为什么？"

"我亲爱的警长，我很愿意留给你。但是如果你之后使用它，让它上了电视，然后我妻子看到的话，你知道我要面临多大麻烦吗？"

"我会做处理的，保证完全认不出来你。"

"我的命运握在你手中，警长。"

法拉利开走了，咆哮着，甚至办公室的地板都跟着震动。警长立刻给坎塔雷拉打了个电话。

"我想让你去蒙特鲁萨见你的摄影师朋友。他叫什么名字来着？"

"奇科·德奇科，头儿。"

"你把这张照片给他，告诉他先修改一下亲吻女孩的这名男士的特征，然后打印几份出来。但是请注意：只有他。我是认真的。不包括另外一个人。现在去吧。"

"乐意效劳，头儿！但是你能给我解释解释吗？"

"当然。"

"特征是面部的意思吗？"

"是的。"

"谢谢。我会让加鲁佐接电话。啊，对了，有两个人打电话来讲蝴蝶的事儿。"

"我们是打回去，还是等他们再打过来？"

坎塔雷拉看上去目瞪口呆。"他们什么也没说。"

"他们留电话号码了吗？"

"留了，头儿。我写到一张纸上了。"他把纸递给了蒙塔巴诺。

"好的，走吧，但是让加鲁佐去接线总机之前先到我这儿来一下。"

那张纸上写着格瑞斯塔先生和阿潘塔塔太太，每个人名后面都跟着一串分不清哪个是哪个的数字。

他把纸交给了加鲁佐。"看看你能不能识别出这些数字。先给这个男的打电话，那个女人稍后。"

※

等着的时候，他觉得该给帕斯夸诺打个电话了。马上十点钟了，医生通常早上五点左右开始验尸解剖。

"我是蒙塔巴诺，医生在吗？"

"就目前情况而言，是的，他在。"

听起来气氛不太对。

"你能让他过来接一分钟电话吗？"

"你一定是在开玩笑。"

"我是蒙塔巴诺警长。帮我叫一下他。"

"警长，你说话我就听出来了。但实话说，我不能叫医生过来。医生今天心情很恶劣，相信我。"

"我们昨天送过去的那个女孩，尸检了没有，你知道吗？"

"是的，已经做了。"

"好的，谢谢。"

唯一的办法就是自己亲自过去了，冒着被淹没在帕斯夸诺的污言秽语中的风险，还要躲开一把飞行的手术刀或者几具尸体。

电话响了。"警长，格瑞斯法先生接上了。这才是他的真实姓名，坎塔雷拉写错了。我给您转接过去。"

"格瑞斯法先生吗？我是蒙塔巴诺警长。是你今天早上找过我吗？"

"是的。昨天晚上我给自由频道打了电话，齐托先生告诉我给你打电话。"

"感谢来电。你要告诉我什么呢？"

一片安静。

"喂？"

什么声音也没有。天呐，发生了什么？电话线断了吗？因为一些莫名的原因，每当讲电话掉线时，他都会爆出一身冷汗，感觉就像父母突然双亡的小男孩。

"喂？喂？"警长开始喊。

"我在呢。"

"那你为什么不说话？"

"这是一个微妙的问题。"

"你不想在电话里讲吗？"

"对，因为这会儿我侄女孔切塔随时可能购物回来。"

"我知道了。你能过来这里吗？"

"中午之后。"

"好的，我会等你的。"

※

"我能进去吗？"奥杰洛在门口问。

"进来坐下吧，米米。昨晚睡得好吗？"

"很幸运，他让我睡了。但是我睡得很晚，因为贝巴去看医生，所以我得照顾孩子。"

"贝巴怎么了？"

"妇科问题。有什么进展吗？"

"没有实质内容。但很快可能会有新闻，尽管关注的是另一个案件。"

"哪一个？"

"晚点儿再告诉你。"

在坎塔雷拉拿回照片之前，他不想引爆皮卡雷拉这颗炸弹。引爆时，他希望法齐奥也在场。

"你看到我在自由频道让齐托去……"

"是的，我看到了。"

"播出之后，格瑞斯法先生打电话过来了，说下午早些时间过来。一个女士也打了电话。"

电话响了。"头儿，安农齐亚塔太太来了，她不叫阿潘塔塔。"

"把电话接进来。"

"可能我没说清楚，警长。她本人亲自来了。"

"那把她领进奥杰洛的办公室。"

米米给了他一个疑问的神情。

"你听一下她要说什么，米米。她看了电视，也许能帮我们认出那女孩。"

"那你去哪儿？"

"找帕斯夸诺。"

※

"听着，我在警告你，我今天上午很不爽，"医生看到警长的时候礼貌地警告他。

蒙塔巴诺没有理会，跟他客套了两句。只有别人直直地站在他面前时，帕斯夸诺才能服服帖帖。

"你知道我今天是什么样子吗？简直是蒸汽机。"

"真见鬼，你到底想要什么？"

他说的"真见鬼"，不是"他妈的"，也不是"该死的"，证明他是真的很生气了。

"发生什么了，医生？"

"发生什么？昨晚我在俱乐部有一个同花顺。"

"挺好的，不是吗？"

"不好，因为某个混蛋也有一个同花顺，皇家同花顺。你懂吗？"

"懂了，医生。你赢了吗？"

"你会吗？"

"我不赌博。今晚，你还有机会拿到同花顺。"

"你是到这儿来安慰我的吗？"

"我是来……"

"来讨论红鹳的生活的吗？"

"不，不过也差不多，鳞翅目。"

"你的意思是蝴蝶文身的女孩儿？"

"是的。那是一只蛾。"

"喂，她肯定不到三十岁。我想说，大概25岁。她被从大约十码远的地方被一枪打到脸上。"

"所以杀手是个神枪手？"

"或者就是运气好。"

"科学实验室测出那是一种大口径武器。"

"用不着高科技，你自己就能看出来。看看那把武器造成的破坏就够了。给你举个例子，子弹擦过她的左颚骨时就把上牙槽打掉了一半。现在尸体上已经没有了。"

"她什么时候被杀的？"

"肯定发生在周六到周日的晚上。然后，第二天晚上，凶手把尸体扔到垃圾场弃尸。"

"但是为什么周日一天他就把尸体放在那里呢？"

"这就不是我所关心的了，是你应该关心的了。"

"听着，医生，你能辨别她被杀之前是否发生过性关系吗？"

"如果她有过，我肯定已经告诉你了。我会专门告诉托马塞奥检察官的，他肯定会乐开花。"

"她是个妓女吗？"

"我同时把这点排除了。"

"为什么？"

"因为……"

"在你看来，她被射杀的时候正在做什么？"

"用水晶球去问问那位女士吧。"

"让我换种说法。她是站着，躺着，还是坐着？"

"肯定是站着。射杀她的人在她身后。"

"身后？不是迎面射击她的吗？"

"在我看来，这个女孩在凶手扣动扳机的那一刻恰好转过身向后看。也许是凶手喊了她，她转过身，然后他射中了她。"

蒙塔巴诺稍微想了一会儿。

"快点想，"医生说，"我可没有时间浪费。"

"那女孩有可能试图逃跑吗？"

"很有可能。"

"可能是强奸未遂？"

"你跟托马塞奥检察官说这个吧。"

帕斯夸诺今天一点也没有闪烁其词。

"手指上有戴戒指的痕迹吗？"

"她在左手小指而不是无名指戴了一个。所以她还没有结婚。或者结婚仪式跟平常不一样。或者结了婚但是没有戴婚戒。"

"有耳洞吗？"

"没有。"

"她大腿上的咬伤呢？"

"啊，那些？可能是像小狗一样大的老鼠咬的。"

"就这些吗，医生？"

"还有别的。"

"听着，医生，我也没有时间可浪费。"

"我发现两件事。"

"你打算分期告诉我吗？"

"我在她的头里面发现两小块黑色羊毛。"

"这什么意思？"

"你觉得这什么意思？那些羊毛是长在她身上的吗？"

"也许这意味着，子弹穿过一些带毛的东西进入了她的体内？"

"你可以把'也许'这个词去掉。"

"她可能穿了一件高领毛衣。"

"你可以把'可能'也收回去。"

"第二件事呢？"

"第二件事是，我在两双手的指甲下面都发现了一点红紫素。"

"红紫素？"

"看在上帝的份儿上，别重复我说的话，这让我心烦得更厉害了。你听好：红紫素。难道你不知道红紫素是什么吗？"

"是用来镀金的粉吗？"

"很好。你以优异成绩通过了考试。现在离开这儿吧。"

"最后一个问题。她有任何疾病吗？"

"她做过阑尾炎手术。"

"不是，我想知道她有没有需要药物治疗的任何疾病？"

"懂了。你希望你可以通过去维加塔和蒙特鲁萨所有的药店来确定她的身份。抱歉让你失望了。这个女孩身体很健康，而且还远不止于此。"

"你什么意思？"

"她身体棒得跟运动员一样。"

"或者是舞蹈演员？"

"为什么不呢？现在，还用我叫你出去吗？他妈的。"

"感谢你的盛情款待，医生。希望你今晚能得到一个皇家同花顺。"

"对面四张 A？你真是个王八蛋。"

5

掉头回维加塔的路上，他突然想到：一颗打进颚骨的子弹是不可能穿过高领毛衣的，弹道不允许。子弹不会从领子上方擦过，然后拐个弯，像爬小梯子似的。

另一方面，那个女孩可能确实围了一条黑色围巾，包得高高的，几乎把嘴都盖上了，就像在大冷天里那样。在这种情况下，几根毛线就可能带入伤口。

但这个假设也不成立，因为当时明显不是戴羊毛围巾的季节。至少在维加塔和郊区不是。也许这个女孩是为一个特殊场合而围上了。那么在什么类型的特殊场合下，人们会围上羊毛围巾呢？他一个也想不出来。

接下来的问题是，人们会在哪儿把红紫素弄到手上呢？为什么红紫素是在女孩的指甲下面而不是指尖呢，指尖不是会更符合逻辑吗？在他进入维加塔之前，垂钓者前一天预报的暴雨倾盆而下。他从停车场经过正门走进警局的时候都湿透了。

"格瑞斯法先生在这儿。"加鲁佐给警长抖落他西装上雨水的时候说。

"给我一分钟干干头发，然后让他进来吧。"

进了办公室，他打开文件柜，里面放着一条毛巾。他用毛巾擦了擦头发然后梳了梳。然而，流进他衬衫和皮肤之间的水却让他烦心，于是他脱下衬衫，晾干后背，但当他把湿衬衫穿回去的时候，却让他更烦了。他开始诅咒。他又一次把衬衫脱下来，在空中挥舞。这时候，米米·奥杰洛走了进来。

"你这是在练斗牛？"

"别管我。安农齐亚塔太太说什么了？"

"一堆废话。"

"什么意思？"

"她害怕他们也会杀死她十八岁的女儿米凯拉。她给我展示了女儿的一张照片，确实是个美人胚子，萨尔沃。"

"她为什么担心女儿也会被杀？"

"因为米凯拉也有蝴蝶文身。"

"跟被谋杀的女孩一样？"

"不一样。她给我描述了，完全不一样。她是纹在左乳头上的。"

"所以你跟她说了什么？"

"第一，如果凶手要杀害所有有蝴蝶文身的女孩，这儿就会成一个地下墓穴了，就像坎塔雷拉会说的那样。第二，把她女儿带到这儿来，这样我就能仔细检查一下她的文身了。"

"你疯了吗？"

"我只是在开玩笑，萨尔沃！你知道吗？你以前挺幽默的。"

"好吧，在你这儿，谈论女人的每一分钟，谁都不知道你是不是在开玩笑。"

"你知道我说的了吗？我最好离开。拜拜，午饭后再见。"

※

门口出现了一名七十岁的矮个男人，圆圆胖胖，脸红得跟熟透的番茄一样，浑身油脂下面藏着一双机警的眼睛。

"我可以进来吗？"

"当然可以。"

那男人走了进来，蒙塔巴诺招呼他坐下。他坐在了一把椅子边上。警长还什么都没有问他就开始说了，"我退休了，七十二岁了，已经当鳏夫十年了。"

警长给了他一个鼓励的眼神。

"我没有孩子。我妹妹卡梅拉的女儿孔切塔在照顾我。"

暂停了一会。

"昨晚我正在看电视。"

停了一段时间。蒙塔巴诺意识到，也许现在轮到他了。

"你认出那个文身了吗？"

"一模一样。"

"你在哪儿看到的？"

贝尼亚米诺·格瑞斯法机警的眼睛闪闪发光。他用舌尖舔了舔嘴唇。"你觉得我是在哪儿看见的，警长？"他笑了一下，然后继续说，"在一个女孩肩膀后面。"

"是在同一个地方吗？在左肩胛骨附近吗？"

"完全相同的地方。"

"那你看到这个文身的时候，那个女孩在哪儿？"

"这是一个微妙的问题。"

"你已经说过，格瑞斯法先生。"

"让我来解释一下。大约五个月以前，我外甥女孔切塔告诉我，她暂时不能来照顾我了，因为她要去卡塔尼亚做一份临时工作。"

"所以呢？"

"我妹妹卡梅拉知道我有过两次心脏病发作，不敢让我一个人待着，就给我找了一个女孩，一个……你们如今都怎么叫他们？"

"家庭护理。"

"对。事实上，我妹妹更希望找岁数大点的，可惜没找到，就带了一个叫卡佳的俄罗斯女孩到我家。"

"特别年轻？"

"二十三岁。"

"漂亮吗？"

贝尼亚米诺把右手的拇指、食指和中指伸到嘴边，发出一个响吻。这说明了一切。

"她睡在你那儿吗？"

"当然。"他停下来环顾四周。

"别担心，这里只有我和你。"

格瑞斯法向警长探身过去。"我还是个男人，你懂的。"

"祝贺你。你是试图告诉我，你跟那个女孩发生了关系？"

格瑞斯法露出了郁闷的表情，"没办法，警长，不可能的。"

"为什么不可能？"

"警长，有一天晚上我实在受不了了，就去了她的房间。但是什么也没做，因为我没能说服她，我甚至都告诉她可以付钱了。"

"你接下来做了什么？"

"警长，你知道的，我是一个老绅士！我还能做什么？我就放弃了。"

"那么你是怎么看到那个文身的呢？"

"警长，我们可以坦率地谈谈吗？"

"当然。"

"我在女孩洗澡的时候看见那蝴蝶三四次。"

"让我直说了吧：你们俩洗鸳鸯浴了？"

"不是的，警长。她自己在浴室里，我在外面。"

"所以你是怎么……"

"我偷窥她。"

"从哪儿？"

"从洞里。"

"钥匙孔？"

"不，先生，从锁眼看不到任何东西，因为一般里面插着钥匙，挡住了视线。"

"所以呢？"

"卡佳出去购物的某天，我拿着电钻把门上原来有的那个洞扩大了。"

好一个老绅士。

"那个女孩没注意到？"

"那扇门都老掉渣了。"

"这个女孩是金发还是深褐色头发？"

"乌黑的。"

"被杀的女孩是金发。"

"那就更好了。我很高兴那不是她。因为男人会喜欢上那样的女孩的。"

"她在你那儿待了多久？"

"一个月零二十四天半。"

他肯定一直在算着，一直到分钟。

"她为什么走了？"

格瑞斯法叹了口气，"我外甥女孔切塔回来了。"

"你知道这个女孩在意大利待了多久吗？"

"一年多。"

"在为你工作之前她做什么？"

"她是萨勒诺和格罗塞托夜总会的舞女。"

"她从哪儿来？"

"你的意思是俄罗斯那个城镇的名字吗？她告诉我一次，但是我忘了。如果我想起来了会给你打电话的。"

"但她在夜总会做舞女难道不是挣得更多吗？"

"她告诉我做家庭护理收入微薄。"

"她从来没告诉过你为什么不做舞女了？"

"她告诉过我一次，这不是她自己的选择，说她离开一段时间更好。"

"她意大利语说得好吗？"

"足够好了。"

"她跟你一块住的时候有人去看她吗？"

"从来没有。"

"她有休息日吗？"

"每周四。但她总是在晚上十点之前回来。"

"她总是接电话或打电话吗？"

"她有自己的手机。"

"手机经常响吗？"

"白天至少响十次。晚上我就很难讲了。"

"坦率地讲，格瑞斯法先生，你有没有偶尔半夜起床去听女孩卧室的门啊？"

"嗯，是的，有几次。"

"你听到她说话了吗？"

"是的，但她说话声音太轻，我都听不清。可是……"

"继续。"

"有一次，她手机没电了，就问我能不能用我的电话。我能听到她说话，但是听不懂，因为她说的是俄语。但她肯定是在跟一个女孩说话，因为她一直喊对方桑娅。" "谢谢你，格瑞斯法先生。如果你记起那女孩出生城镇的名字，打电话给我。我说真的。"

※

已经过了中饭时间，仍没有坎塔雷拉的动静。

警长决定到恩佐那儿去。天仍然下着雨。他在门口抽了一根烟，等着水从天上倾泻下来。接着他猛冲到车前，钻进去开走了。

幸运的是，他找到了一个离餐厅门口很近的停车位。

"警长，我要提醒你，海面今天真的很不平静。"恩佐打招呼说。

"我管它什么样？我又不需要坐船出海。"

"你错了。你应该关心。"

"你什么意思？"

"警长，如果大海不平静，渔船就不会出海。所以，你明天会发现一盘冻鱼而不是鲜鱼在你面前了。"

蒙塔巴诺耸了耸肩，"今天有鱼吗？"

"有。相当新鲜。"

"那为什么要提前吓唬我？"

也许是因为知道第二天不会有新鲜的鱼，他点了两份胭脂鱼。当他迈出饭馆时，雨还在倾盆而下。沿着码头散步是不可能了。他唯一能做的就是回警局去。接线总机那儿还是加鲁佐。

"坎塔雷拉有消息吗？"

"没有。"

"有我的电话吗？"

"齐托记者让您给他打回去。"

"好的，打电话给他，然后接到我办公室。"

他都没来得及把头发擦干，电话就响了。

"萨尔沃吗？我是尼科尔。你看到了吗？"

"没有。看到什么？"

"我在上午十点和下午一点两次播放了照片。"

"谢谢。我已经跟那两个给你打电话的人谈了谈。"

"他们跟你说了什么有用的东西吗？"

"其中一个叫格瑞斯法或许说的有用。你应该……"

"一直播放照片。我知道了，无论你想说什么。"

※

最后，差几分钟四点的时候，坎塔雷拉凯旋了。

"都搞定了，头儿！奇科·德奇科好样的，真是慢工出细活。"他从一个信封里拿出了四张照片，把它们放到了警长的桌子上。

"看看原版，再看看你让处理的那个人现在成啥样了！"

是的，迪诺托现在有了胡子、眼镜和一些白色的头发，看起来完全像另一个人。

"谢谢你，坎塔，同时把我的赞美转达给奇科·德奇科。奥杰洛和法齐奥警官回来后让他们来我办公室。"

坎塔雷拉像只孔雀似的昂首阔步地走出去了。蒙塔巴诺暂停下来想了一会儿，然后下定了决心，把原版和三份副本放到了抽屉里。奥杰洛和法齐奥几乎同时在大约四点十五分进来。

"坎塔雷拉说你想见我们。"米米说。

"是的。你们两个坐下吧，听我说。"

他把帕斯夸诺医生和格瑞斯法说的都告诉了他们。

"你们觉得呢？"

"我在想，"米米首先发话，"这两个女孩年纪相仿，都是外国人，而且在同样的部位有文身，这些事实是否有什么意义呢。"

"但是，米米，是你自己告诉我的，现在的女孩浑身都有文身！"

"纹相同的蛾子？"

"什么让你如此确定是相同的？"

"是格瑞斯法告诉你的呀。"

"是的，但是你要记住，格瑞斯法已经七十多岁了，他是通过一个洞从远距离偷看那个女孩的。你可以想象一下，当女孩赤裸着站在他面前，如果他研究她的左肩胛骨的话，那需要离得多么近啊。那么告诉我，你认为他的证词能有多可靠！"

"在观看这天赐尤物的时候，格瑞斯法的视野可能就变得特别敏锐了呢。"奥杰洛反驳道。

"另一方面，我一直在思考红紫素。"法齐奥说。

"好样的。"蒙塔巴诺说。

"人们在哪里会用到红紫素？"法齐奥说出内心的疑惑，接着回答了自己的问题："家具厂"。

"人们还在做镀金家具吗？"蒙塔巴诺问。

"当然！"奥杰洛说。"前几天我去参加了贝巴一位远亲的婚礼，家具都镀着金。"

"在修复车间。"蒙塔巴诺说。

"不，不是的，"奥杰洛慌张地说。"你为什么要这么说？家具不在修复车间，都在家里啊。"

"米米，我的意思是，也可以在修复古董家具的车间找到红紫素。"

"好的，但是你不能把自己局限在维加塔。你也要在蒙特鲁萨看一下，还有附近的城镇。周边的人们都在用塞尔赛托垃圾场，维加塔、蒙特鲁萨、贾尔迪纳、加罗塔等地方的人都在用。"

"有时候甚至博尔吉亚的人也用。"奥杰洛说。

"祈祷上帝让我们查出来谋杀是发生在博尔吉亚！"蒙塔巴诺大喊道。

"为什么？"

"你忘了博尔吉亚是属于利卡塔管辖吗？这样一来，调查就转到他们身上了。"

"我在想红紫素。"法齐奥说。

"你已经说过了。"

"头儿，我想知道，为什么红紫素在她指甲下面而不是在指甲上。"

"我也想知道。"

"我看过尸体，但你没看。我有一种印象……"

"什么印象？"

"那个女孩遇害后被扒光了衣服，而且洗过身子。"

米米插话："我跟法齐奥有同样的想法。"

"她被仔细清洗过了，但是做这件事的人忘了清洗指甲。"法齐奥说。

"那么你们俩认为她被清洗了的原因是什么呢？"

"因为在她脖子上没有血迹。"米米说。

"一滴也没有。"法齐奥确定道。

"这意味着，如果她没有被清洗，我们也许能够确定她是在哪儿被杀的吗？"

"也许能。"这两个人异口同声地说。

电话响了。法齐奥和奥杰洛假装起身准备离开房间。

"等一下，我还有其他事要告诉你们。"

"头儿，这里有一位女士在线上，我不明白她的名字。"

"告诉我你觉得她的名字是什么。"

"斯瑞斯，头儿。"

"你还真没听错，坎塔。把她接进来吧。"

警长有些担心。难道阿德莉娜要告诉他，她不能来打扫房间、准备晚饭了吗？

"怎么了，阿德莉娜？"

"先生，抱歉，我要告诉你。今天早上我去监狱探望儿子帕斯夸里的时候，他说想见你。"

"他们还没让他监外候审？"

"还没有，先生。"

"你明天来吗？"

"当然，先生。"

"当你准备食物的时候，别忘了明天市场上不会有新鲜的鱼。"

"我来想办法。"

不是要让他饿肚子的消息，他感到很振奋。他靠在椅子上，想通过演戏来自娱自乐一番，他非常严肃地看着另外两个人。

6

严肃得让奥杰洛都担心起来。

"怎么了？"

"关于皮卡雷拉绑架案，我得到了一个大新闻。"

"新闻？"法齐奥问道，惊讶不已。

米米却用了嘲讽的语气。

"你不是要告诉我他们在要赎金吧！"

"在你看来，这像是好笑的事吗？"

"当然，因为我一分钟也没有相信他被绑架了！"

"你呢，法齐奥？如果我告诉你，绑架者打电话向奇奇纳太太索要赎金，你信不信？"

"我会相信，如果……"法齐奥说道，但是米米生气了，并打断了他。

"但是我们两个都得出了相同的结论，你和我！你怎么突然就变卦了？"

"请让我说完，奥杰洛警探。如果皮卡雷拉把所有从保险箱里拿出来的钱都花光了，给朋友打电话要钱，那我就相信了。"

"我跟你意见相同。"米米说。

"所以，你们两个仍然认为这个绑架是有意安排的？"

"是的。"奥杰洛和法齐奥齐声说。

蒙塔巴诺拉开抽屉，抓起照片的副本，递给了米米。

法齐奥站起来，走到米米身后去看。

"天啊！"奥杰洛喊道。

"是他！"法齐奥说。

"这是什么时候拍的？"米米问。

"你怎么得到这个的？"法齐奥接着问。

"冷静一下，照片拍摄于三到四天前。"蒙塔巴诺说。

"在哪儿拍的？"米米问。

"在哈瓦那的一个夜总会。看到了吗？你们错了。皮卡雷拉不在马尔代夫或巴哈马，而是在古巴。"

"狗娘养的！"米米骂道。

"你怎么拿到这个的？"法齐奥又一次问道。

"那个有胡子、戴眼镜的男人给我的。他是维加塔人。"

"我不认识他。"法齐奥说。

"事实上，我认为你认识他。"蒙塔巴诺说，同时把原版照片递给了他。

"怎么回事？这是迪诺托，那个鱼类出口商！"

"好极了。我改变了他的特征，免得他被人认出来。"

"我们现在怎么办？"

"很简单。明天早上，法齐奥出去找家具厂和修理师傅的时候，你就去找奇奇纳·皮卡雷拉太太然后告诉她真相。"

"那么好猜忌的一个女人肯定会把气撒到我身上！"

"高风险行业，米米。"

"但是我该如何进行呢？"

"你必须非常巧妙地处理，米米。比如，一开始告诉她，你绝对可以肯定，不论她的丈夫在哪儿，他现在都很好。事实上，他好得不能再好了。趁着皮卡雷拉太太心稍微放下一点，你赶紧给她看那张照片。"

"她要是问我咱们怎么搞到这个照片，那怎么办？"

"你告诉她照片是匿名寄来的。"

"你知道我要做什么吗？我现在要打电话给她，让她到这儿来。这样一来，我就不用考虑了。然后，如果有需要，我会给你打电话求助的。"

"给我打电话？我跟这个案子没有任何关系，米米，我也不想与这个案子有关系。解决它的荣誉属于你和法齐奥。省省吧。"

※

他在警局又待了半个小时。因为担心米米可能因为不知道怎么应付奇奇纳太太而给他打电话，他决定离开。

"你要走了吗，头儿？"

"是的，坎塔。明天早上见。"

雨暂时停了。但是再开始下的时候可能会更大。一打开车，他意识到自己并不是真的想回家。下了雨他又不能坐到阳台上。他不得不在厨房里或电视机前吃东西。简而言之，独自一人，四壁之内，重新审视他同利维娅的关系。想象一下那种乐趣吧！怎么办？去恩佐餐厅，还是试试另一家？如果又开始下暴雨了怎么办？

迷失在重重犹豫当中，他开得很慢，后面的人按起了喇叭。他把车停到路边，让他们先过。但他身后的汽车不但没有超车，反而喇叭按个不停。这人是成心捣乱吗？

又开始下雨了，他只能勉强从后视镜里看到身后那辆豪车是绿色的。他调低窗户，伸出手臂示意它通过，但唯一的回复是又一声喇叭。

这是要一决雌雄吗？如果是这样，那就来吧。他把车停到路边。后面那辆车也做了同样的事情。警长失去了耐心。尽管下着雨，他打开车门下了车。他马上看到另一辆车的司机把副驾驶一边的车门打开了。

他跑过去，跳到绿色汽车里，准备来一个摆拳，却发现自己拥到了英格丽的怀抱中。她正哈哈大笑。

"我真的让你生气了，是不是，萨尔沃！"

英格丽·斯特洛姆！他的好朋友，好搭档，红颜知己！他已经至少六个月没见她了。

"这是一个多么美妙的惊喜啊，英格丽！你这是去哪儿？"

"去见一个朋友，然后一起出去吃饭。你要去哪儿？"

"回马里内拉的家。"

"你一个人吗？你有什么活动吗？"

"我没事。"

"稍等。"她拿出放在仪表盘上的手机，拨了一个号码。"曼利奥？我是英格丽。很抱歉，但是我不得不告诉你，我刚要穿衣服准备去你那，可是头突然特别疼。咱们明天见好吗？没问题？你真是个天使！"

她挂了电话，对警长说，"我可从未得过偏头痛。"

"我们去哪儿？"警长问。

"去你那儿。如果阿德莉娜留给你一些东西吃的话，我们还可以分享一下。"

"好的。"有英格丽在，晚上在家里就不那么难熬了。

"我前面走，你后面跟一下。"

"不，萨尔沃，我的车不能跟在你的后面，发动机受不了。给我你家的钥匙，我先过去。"

※

他到家的时候，英格丽已经在卧室了，正在翻找她的包。

"萨尔沃，我要去洗个澡。衣服都湿了，黏糊糊的。"

"你洗完了我也洗一个。"

英格丽的包想要放在床头柜上，但掉到了地板上，里面的东西撒了一房间。他们俩开始捡东西，之后英格丽开始检查是不是找齐了所有东西。

"咦？"她迷茫地说。

"什么丢了？"

"我记得我拿了一包避孕套的，但是现在找不到了。也许是我没拿吧。"

蒙塔巴诺困惑地看着她。

"你为什么这种表情？"

"难道不是应该男人提供避孕套吗？"

"理论上是。但是如果他忘了，你怎么办？开始唱《圣洁的女神》吗？"

"等一下，我摆好姿势听。"

"算了，萨尔沃。我用不着避孕套，尤其是我决定跟你共度今晚……"她说着进了浴室。

"她用不着避孕套，尤其是她决定跟我在一起。"他对自己重复道。蒙塔巴诺的感觉应该是被冒犯的登徒子，还是骄傲的道学先生？陷入疑问中，他打开通往阳台的法式落地窗走了出去。

当然，雨还在哗啦啦地下着。雨没有弄湿桌子和长椅，因为外伸的屋顶发挥了作用。然而，水总得有个去处，于是冲进阳台底下，吞噬了整个海滩。考虑各方面因素后，他决定把桌子摆在外面，尽管有一点冷。

他打开冰箱，很失望。除了一些橄榄和图马佐奶酪外，里面什么也没有。难道他们要被迫出去吃饭吗？他打开了烤箱。

你这个没有信心的家伙！他大声地责备自己。

阿德莉娜做了意大利面和用帕尔马干酪调制的茄子。他只需要开烤箱再热一下就行了。

英格丽穿着他的浴衣出来了。

"你可以进去了。"

蒙塔巴诺没动，只是一直看着她。

"怎么了？"

"英格丽我们认识多久了？"

"十多年了吧。怎么了？"

"你是怎么变得更漂亮的？"

"你终于开始意识到了吗？"

"不，这是一个简单的观察。我刚到外面看了看，觉得可以到阳台上吃。"

"好主意。我自己准备就行。去吧。"

※

两道菜都吃得干干净净。如果说意面让两人思念不已的话，那帕尔马干酪配茄子简直就应当给它唱一首悠长的挽歌来纪念了。吃意大利面时的那一整瓶白葡萄酒是温婉的、迷人的；到了吃茄子的时候，只剩半瓶的酒在柔顺的外表下隐藏着危险的灵魂。

"我们必须喝完这一瓶。"英格丽说。

蒙塔巴诺过去拿来了橄榄和图马佐奶酪。

之后英格丽清理了桌子，蒙塔巴诺听到她开始洗盘子。

"你不用管，"他说，"阿德莉娜明天会来。"

"不好意思，萨尔沃，但我自己控制不住。"

警长站起身，抓起一瓶没开瓶的威士忌和两个杯子，回到了阳台上。不一会儿，英格丽坐到了他旁边。蒙塔巴诺把她的杯子倒得半满。他们干了杯。

"现在我们可以谈谈了。"英格丽说。

吃饭的时候，两人间唯一的言语交流就是对菜品的点评。在默默无语的时分，海水冲击着底部的沙子，激起的声音和气息为菜肴平添几份情趣的佐料。

"你丈夫怎么样？"

"挺好的，我觉得。"

"你觉得？什么意思？"

"自从进入议会，他就一直生活在罗马。他在那儿给自己买了一套公寓。他每个月到蒙特鲁萨一次，但跟选民待在一起的时间比和我还多。无论如何，我们已经好几年没有过性关系了。"

"我知道了。你有情人吗？"

"有，这样我才能感到自己还活着。你来我往，来去匆匆。"

他们听着大海的声音，静静地坐了一会儿。

"怎么了，萨尔沃？"

"我吗？没事儿。能有什么事儿？"

"我不相信。你在跟我说话，但是在想其他的事情。"

"不好意思。我手头上有一个重要的案子，时不时让会分心，涉及一个女孩。"

"我不会上钩的。"

"我不懂。"

"萨尔沃，你想改变话题，所以你在试图引起我的好奇心。但是我不会中计的。通常你不会撒谎，我认识你太久了。怎么了？"

"没事儿。"

这次英格丽倒满了酒杯。他们干了杯。

"利维娅怎么样？"她直接发起了进攻。

"挺好的，我觉得。"

"我知道了。你想跟我说说这件事吗？"

"一会儿吧。"

空气太咸了，烧灼着皮肤，使肺部膨胀。

"你觉得冷吗？"警长问。

"我觉得非常好。"她把手臂滑到他的手臂下边，紧紧压住，然后把头靠到了他的肩膀上。

※

"……简而言之，直到八月下旬，她终于屈尊接了我打过去的电话。相信我，我肯定已经连续每天打电话给她几乎一个月了。我开始变得很担心。利维娅说，她本人曾经试图从马西米利亚诺的船上给我打过几回电话，但是她们在大海上，所以没打通。我才不信。"

"为什么？"

"他们是要去哪儿？环游世界都不靠岸的吗？他们开进的港口都没有电话机吗？算了吧！所以，当我们终于有机会见到对方的时候，就发生了大麻烦。现在回想起来，我觉得我当时有点太咄咄逼人了。"

"我了解你，我觉得可能不只是有点儿。"

"好吧，但是奏效了。她说和那人之间有点什么。"

"和她的小表弟马西米利亚诺？不是吧！"

"这也是我担心的。还好不是，是一个叫詹尼的，跟他们在同一艘船上，是马西米利亚诺的一个朋友。"

"这是她告诉我的所有内容了。听着，英格丽，在你看来，这是什么意思，什么叫有点什么？"

"你真的想知道吗？"

"是的。"

"当一个女人说跟一个男人有点什么的时候，那就意味着什么都有了。"

"啊。"

他一口干掉杯里的酒，又再次斟满。英格丽也做了同样的事。

"萨尔沃，别跟我说你幼稚到没有得出相同的结论。"

"不，我立刻就得出了那个结论。我只是想让你帮我确认一下。所以，我扔出了我的王牌。"

"我不懂。"

"我告诉她，我那个夏天也不是无所事事。"

英格丽愣了一下。

"真的吗？"

"真的。"

"你？"

"很不幸，是我。"

"所以你没有无所事事，做什么了？"

"我遇见了一个比我年轻很多的女孩，22岁。我也不知道事情是怎么发生的。"

"你们睡了吗？"

蒙塔巴诺对她说话的方式有点反感。

"对我而言，这是一个相当严肃的事情，因为这事儿我真的很难受。"

"好吧,但是泪也流了,悔也恨了,你还是跟她做爱了,对吗?"

"是的。"

英格丽抱了抱他,轻轻站起来,接着在他嘴唇上亲了亲。

"欢迎你来到傻帽儿俱乐部,混蛋。"

"为什么叫我混蛋?"

"因为你告诉了利维娅你的越轨行为。"

"那不是越轨,这是一个远远超过……"

"更加糟糕。"

"但利维娅最后跟我实话实说了!她承认有外遇!我也不能隐藏这个事实。"

"哦,拜托!最重要的是,别假惺惺了,你可不擅长!你告诉利维娅你跟那个女孩发生关系不是出于诚实,而是为了泄恨。你知道我想对你说什么吗?也许推动你跟那个女孩睡觉的真正原因是,利维娅的沉默让你产生了嫉妒。所以我确认:你是个傻帽儿。"

"英格丽,我跟阿德里亚娜——这是她的名字——之间的事儿很复杂。除此之外,发生的一切是因为她想要它发生,为了她自己的特殊目的。"

"上周日你去做弥撒了吗?"

"这有什么关系?"

"因为你说话就跟天主教徒似的!真正的天主教徒总是认为女人诱惑男人!"

"什么啊,我们是要发动宗教战争吗?快停下吧。"蒙塔巴诺生气地说。

他们安静了一下，接着英格丽小声说："不好意思。"

"为什么？"

"因为我说的关于那个女孩的话，太愚蠢和庸俗了。"

"不，并不是，这么说……"

"是的。我觉得那么说话伤害到你了，还有……"

"所以什么？"

"我嫉妒了。"

蒙塔巴诺感到很困惑。"嫉妒？你嫉妒利维娅？"

英格丽笑了。"不，嫉妒阿德里亚娜。"

"阿德里亚娜？"

"可怜的萨尔沃，你永远都不理解女人。所以，现在你和利维娅有什么打算？"

"我们不知道是否值得费很大力气来重圆破镜。"

"看着我。"英格丽说。

蒙塔巴诺扭过头去看着她。她非常严肃。

"值得。让我来告诉你，不要抛弃你们一起度过的那些年。你觉得你们没有孩子，但是你们有。那个孩子就是你们共同分享的过去。我连那个都没有。"

看到两颗大大的泪珠从她眼中滑落，蒙塔巴诺不知所措。他不知道说什么好。他想要抱抱她，但是他觉得那会让她变得更加软弱。英格丽站起来，走进了屋里。她回来时已经洗好了脸。

"让我们喝完那一瓶吧。"

※

"你要开车吗？"

"不，"英格丽回答，"你要把我赶出去吗？"

"我想都没想过。你什么时候准备好了，我开车送你回家。"

"你清醒的时候都不会跟你进一辆车，现在更不会了。还有威士忌吗？"

"我应该还有半瓶。"

"去拿过来吧。"

他们轻轻松松搞定了那半瓶。

"我突然觉得困了。"英格丽说着站起来，脚步略有点蹒跚，弯腰亲了亲蒙塔巴诺的额头。

"晚安。"

蒙塔巴诺尽可能悄悄地走进浴室，当他上床的时候，穿着他衬衫的英格丽早就睡着了。

7

他比往常醒得晚一些，就是有点头疼。

英格丽仍然睡得很香。她整夜都没有从她躺下的位置挪动一下。她身上的香味儿让蒙塔巴诺又在床上多待了一会儿，眼睛紧闭着，鼻孔张开着。然后他轻轻起床，眺望窗外。

没有下雨，但是天气也很糟糕。外面很黑，一片阴沉。

他走进浴室，穿上衣服，做好咖啡，喝了两杯，一杯之后又喝了一杯，接着给英格丽拿过去一杯。

"早上好。我一会儿就走了。如果你愿意的话，只要你喜欢，你可以一直待在床上。"

"等我一下。我洗个澡，很快就好。我想要再来一杯咖啡，但是我想跟你一起喝。"

他去厨房又准备了四杯的份儿。他从来不吃早饭，早上家里没有其他的可以吃。有时候冰箱里会有小罐的黄油和果酱，是利维娅在马里内拉时从酒店拿回家的，她有偷拿的习惯。

蒙塔巴诺用了两个小餐巾纸、两小杯清咖啡和一个糖罐，尽其所能地把厨房里的小桌子摆好。

英格丽进来的时候，咖啡刚好停止沸腾。他们坐了下来，警长倒满了她的杯子。

这一次，蒙塔巴诺觉得和她在一起有点尴尬。也许前一天晚上他不应该跟英格丽谈那么多，也许他不应该向她吐露那么多。她毕竟是个瑞典人。对他们来说，情绪克制是一种信仰。他可能让她尴尬了。

如果他告诉她自己跟阿德里亚娜的事已经是过界了，那么他又有什么权利告诉她利维娅和詹尼之间的事呢？那是利维娅的事情，顶多是他的事情，应该克制在他们之间。可话说回来，除英格丽以外，他还能跟谁说说这种事呢？

"你知道你为什么碰巧就跟英格丽说漏嘴了吗？因为你岁数大了，再也应付不了葡萄酒和威士忌混着喝了。"蒙塔巴诺一说。

"葡萄酒、威士忌和岁数大了跟这事儿一点关系都没有，"蒙塔巴诺二插进来，"你怎么能不让裸露的伤口流血呢？"

然而，英格丽并没有重提前一天晚上的话题。很明显，她感觉到了蒙塔巴诺的不自在。

"这些天你在做什么？"

"地方电视台最近几天就没有谈论其他事情。"

"我从来不看地方电视台。其实国家电视台也不看。"

"一个死去的女孩在一个非法垃圾场被发现，是被谋杀的。目前很难确定她的身份。她全身赤裸，没穿衣服也没带证件，只有一个小小的文身。"

"什么类型的文身？"

"一只蛾。"

"在什么位置？"英格丽突然认真地问。

"她的左肩胛骨附近。"

"天呐！"英格丽喊道，脸色变得苍白。

"怎么了？"

"大概三个月以前，我雇了一个俄罗斯女管家，她就有一个像这样的文身……被杀的女孩多大了？"

"最多 25 岁。"

"年纪也符合。我那个女管家 24 岁。天呐！"

"别那么快得出结论。也可能不是她。听着，你为什么不继续让她当你的管家了？"

"她突然消失了！"

"你什么意思？"

"一天早上，我注意到她没有在家里。我问了厨师，但是她也没有看到她。所以我就进了她的房间。她不在。她也没再回来。最后我只好又雇了一个赞比亚女人。"

是的，好像她找的下家是博洛尼亚或者墨西拿人一样。每次警长往英格丽家里打电话，接电话的人总是来自塔那那利佛、帕利基尔、利隆圭……

"但是她的消失在我看来很可疑。"英格丽继续说。

"为什么？"

"你知道的，我很少在家，但是跟她说过几次话。"

"她跟你待在一起有多久？"警长打断道。

"一个月零几天。我正要说呢，这几次交谈里，她给我留下的印象并不好。"

"为什么？"

"她总是言辞闪烁，吞吞吐吐的。她不想告诉我任何关于自己的事情。"

"你开始怀疑以后是怎么做的？"

"我去检查了我放珠宝的地方。"

"你没有保险箱吗？"

"没有，我把它们藏到了三个不同的地方。我从来不戴，但是有一次我确实戴了一些，因为我要陪丈夫去参加一个重要的晚宴。那个时候，那个女孩肯定知道了我把它们放在了哪里。"

"她偷了它们吗？"

"是的，正好是藏在那里的珠宝。"

"投保了吗？"

"你在开玩笑吗！"

"值多少钱？"

"三四十万欧元。"

"你们为什么没有告发她？"

"我丈夫去了！"

"去蒙特鲁萨中央警局？"

"不是，去宪兵队告的。"

难怪他一点没听说。想象一下吧，宪兵队从来就不让警方知道任何消息！但是对他们来说，警察不也跟宪兵队一样吗？

"她叫什么？"

"她自称叫伊丽娜。"

"但你没查身份证啥的吗？"

"没有。我为什么要看呢？"

"你怎么能雇佣女管家、厨师、男管家……你的房子就是个旋转门。"

"不是我雇的他们，是卡库拉齐会计。"

"他是谁？"

"他是过去管理我公公房产的会计，现在是我丈夫的会计。"

"你有他的电话号码吗？"

"我有，但是在我手机上，我手机落在车上了。出去我给你。听着，如果你想要，我可以……虽然我真的不喜欢这个主意……"

"你想看一下尸体？"

"如果能帮你辨别她的话……"

"事实上，杀了她的那把枪毁了她的整张脸。你认不出她来了。除非……听着，这个伊丽娜身上有什么你可能已经注意到的显著特点吗？"

"从哪种意义上说？"

"痣、疤痕……"

"她脸上和手上没有。她身体的其他部分，我很难讲。我又没见过她裸体或什么的。"

"这是一个愚蠢的问题。"

"等一下，"英格丽继续说，"隐形眼镜算显著特点吗？"

"为什么这么问？"

"因为伊丽娜戴隐形。我记得有一天她丢了一只，但是后来我们找到了。"

"你能跟我去办公室待五分钟吗？我想给你看一张照片。"

"这是第二次了。"英格丽站起来说。

"什么第二次？"

"我们第二次讨论一个你正在调查的不认识的人，而我……"

"对……"蒙塔巴诺犹豫地说道。

英格丽指的是上次她在他办公桌上看到一张淹死男人的照片，这个男人曾经是她的情人。那一次她帮助警长破获了一个儿童贩卖团伙。

但是蒙塔巴诺不喜欢回忆那个案件。那个案子使他肩膀受伤了，对他是个沉重的打击，他甚至被迫杀死了一个人。

※

"毫无疑问，文身是一样的。"英格丽一边说，一边把照片交还给警长，警长又把照片放到了桌上。

"你确定吗？"

"绝对肯定。"

他可以信任英格丽。

"好的，可以了。谢谢。"

英格丽给了他一个大大的拥抱，蒙塔巴诺也回了一个。他们在厨房里喝咖啡那不自在的一刻已经完全过去了。

正在这时，门很自然地开了，米米·奥杰洛出现了。

"我来得不是时候吧？"他的语气让人想要打他。

"不是，"英格丽说，"我正要走呢。"

"我送你出去。"蒙塔巴诺说。

"不麻烦了，"英格丽轻吻了一下他的嘴唇阻止了他，"我是认真的，有消息通知我。"

她向奥杰洛挥手再见后就出去了。

"英格丽从来没这么喜欢过我。"米米说。

"你追过她吗？"

"是的，但是……"

"抱歉，但并不是所有女人都渴望靠在你强壮的臂膀中。"

"今天早上怎么了？有一点愤怒？心烦意乱？昨晚发生了一些不好的事吗？"

"米米，不要瞎说，这太不合适。英格丽今天早上过来是因为她在自由频道看到了文身的照片。"

"英格丽有同样的文身吗？你检查了吗？"

"米米，你知不知道你这些愚蠢的暗示是多么令人讨厌？如果你不想认真讨论，就出去让法齐奥进来。"

法齐奥像是应召似的出现了。

"进来，你们两个，坐下吧。"警长说。"首先我想知道奇奇纳·皮卡雷拉太太那儿怎么样。昨天晚上她过来了吗？"

"是的，她是跑着过来的。"奥杰洛说，"我告诉加洛和加鲁佐在周围晃荡，一旦那位女士开始大叫大闹，他们就进来帮我。但是……"

"她有什么反应？"

"她看了一眼照片就开始大笑。"

"是什么这么有趣？"

"她解释说，她笑是因为照片里的男人肯定不是她丈夫，只是长得很像他的一个人，冒牌货。没有其他方法说服她了。萨尔沃，你知道她为什么这么个反应吗？"

"大师请赐教。"

"她是醋劲太大了，她在否认现实。"

"但是，恋爱大师，你是如何探究深不可测的人类心灵深处的呢？是背氧气瓶还是憋气呢？"

"萨尔沃，你要是用点心，肯定能演好大反派。"

"但是，谁又能说这就是现实呢？"法齐奥怀疑地问。

"你是同奇奇纳太太勾结在一起了吗？"奥杰洛反问道。

"警探先生，这不是跟没跟她勾结的问题。有一次我碰巧在巴勒莫的一条街上碰到了表弟安东尼奥。我喊住他，和他拥抱。他一直看着我，好像我疯了似的。他不是安东尼奥，但跟他简直一个模子刻出来的。"

"所以，你是怎么把事情留给奇奇纳太太处理的呢？"蒙塔巴诺问。

"她说今天早上就去见局长。她声称是我们编造了整个照片的故事，这样一来我们就不用一直搜寻她丈夫了。"

"米米，今天上午，你把这张照片装在口袋里，去跟局长谈一谈。博内蒂·阿德里奇很容易被奇奇纳太太说服，然后把账算到我们头上。"

"我明白。"

"法齐奥，你抽时间做了搜查了吗？"

"是的，长官。在蒙特鲁萨、维加塔以及一些附近的城镇之间有四个家具厂。至于细木工和修补工，维加塔有两个，蒙特鲁萨有四个，加罗塔有一个。我已经搞到了名字和地址，也通过黄页找到了他们的电话。"

"你或许应该开始调查了。"

"好的。"

"现在我要打三个电话，我希望你们俩听着，待会儿我们讨论。"蒙塔巴诺说。

他打开了免提。"坎塔吗？我要你拨下面的号码联系卡库拉齐会计。"

"什么，头儿？凯鲁拉齐？"

"卡库拉齐。"

"凯库鲁帕奇？"

"算了吧，我直接拨给他吧。"

※

"你好，卡库拉齐会计吗？我是维加塔警局的蒙塔巴诺警长。"

"你好，警长。我能为你做点什么？"

"会计师先生，我从英格丽·斯特洛姆太太那里得到了你的号码。"

"随时为您效劳。"

"那位女士告诉我，你负责管理她丈夫的资产，但你还负责家政人员的招聘……"

"是的。"

"既然他们通常都是外国人……"

"但都是完全合法的，警长！"

"我并不怀疑。我想知道的是，你会找谁推荐人选呢？"

"你认识皮西基奥大人吗？"

"不好意思，不认识。"

"皮西基奥大人是一名教区主教，为不幸的人安排生活，他……"

"我知道了，会计师先生，所以你那里一定有关于一个叫伊丽娜的女孩的信息。"

"啊，她啊！真是个混蛋！你向她伸出援手，她却反咬一口！可怜的皮西基奥大人对她失望透顶！不管怎样，我把所有您想要的信息都写进提交给宪兵队的报告里了。"

"你手头还有吗？"

"请稍等片刻。"

蒙塔巴诺示意法齐奥把东西写下来。

"找到了，伊丽娜·伊里奇，1983 年 3 月 15 日出生于晓尔科沃，护照号码……"

"这就足够了。谢谢你，会计先生。如果我另外需要什么的话，会给你打电话的。"

※

"帕斯夸诺医生吗？我是蒙塔巴诺。"

"我能为你做些什么，亲爱的朋友？"

警长犹豫了。这怎么可能呢？发生了什么？没有猥亵，没有侮辱，没有诅咒？

"医生，你感觉还好吗？"

"我感觉非常好，我的朋友。你为什么这么问？"

"不，没事儿。我想问你一些关于文身的女孩的事儿。"

"问吧，请便。"

蒙塔巴诺对帕斯夸诺的礼貌感到困惑不解，以至于说话都说不利索了。

"她……她戴隐形眼镜吗？"

"不戴。"

"有可能是她被击中脸部时掉出去了吗？"

"不可能。那个女孩从来没有戴过隐形眼镜。这一点我可以向你保证。"

一个想法在蒙塔巴诺的脑海中闪现。

"昨晚在俱乐部怎么样，医生？"

帕斯夸诺的笑声在房间里隆隆作响。

"你知道吗？我抽到了你祝愿我抓到的同花顺！"

"真的吗？结果如何？"

"我一直攥在手里！想想看，有一个人叫了……"

※

蒙塔巴诺挂断了电话。

"是格瑞斯法先生吗？我是蒙塔巴诺。"

"警长，你是知道我正要给你打电话吗？"

"你想要告诉我什么？"

"我想起来卡佳来的那个城镇叫什么名字了。我记得是叫斯齐克科沃或类似的名字。"

"也许是晓尔科沃吗？"

"是，就叫这个！"

"格瑞斯法先生，我是因为其他的原因给你打电话的。"

"我很高兴帮忙。"

"卡佳离开之后，你有没有检查一下她有没有从你家拿走什么东西？"

"可能拿走什么？"

"我不知道，银器或者一些过去属于你妻子的东西……"

"警长，卡佳是个诚实的女孩！"

"好的，但是你检查过吗？"

"没有，我没检查过，但是……"

"继续说。"

"这是一件很微妙的事情。"

"你知道我会守口如瓶的。"

"你是一个人在自己的办公室吗？有没有其他人能听到我说话？"

"我完全是独自一人，你可以畅所欲言。"

"好的……简而言之……那天晚上我告诉你……我去看卡佳……你记得吗？"

"记得。"

"好的……我告诉她如果……我就把妻子的耳饰给她，我甚至给她看了……它们都很漂亮……但是她没有从了我……更别提……你知道我的意思吗？"

"完全懂。"

如果女孩能陪他睡，这个老绅士就准备把亡妻遗物给她。

"你之后有没有检查那些耳环是不是……"

"呃……就在前天，那对耳环，连同一条项链和两个手镯，好吧，我把它们给了我的侄女孔切塔，所以……"

"谢谢你，格瑞斯法先生。"

※

"所以你能给我们解释一下发生了什么吗？"米米问。

"情形如下：格瑞斯法先生有一个家庭护理，名叫卡佳，来自晓尔科沃。在靠近她左肩胛骨的地方有一个蛾子文身。顺便说一句，现在我不再有任何理由怀疑格瑞斯法先生的视力了。我的朋友英格丽·斯特洛姆有一个女管家，叫伊丽娜，来自晓尔科沃。这一点卡库拉齐会计已经确认了，她有一个同样的文身。只是伊丽娜是个贼，而卡佳不是。伊丽娜戴隐形眼镜，卡佳是黑色头发。被杀的女孩既不是卡佳也不是伊丽娜，但是她确实跟这两个人有同样的文身。你们怎么看？"

"三个相同的文身都位于同一个地方不可能是巧合。"奥杰洛说。

8

"我同意你的观点，"蒙塔巴诺说，"不可能是个简单的巧合。这可能是个组织的标志，是某种象征。"

"什么组织？"

"我怎么会知道，米米？一个布谷鸟钟表爱好者社团，一个俄罗斯蔬菜沙拉食客俱乐部，或者是某个女摇滚歌星的粉丝……别忘了，这些都是非常年轻的小姑娘，而且那个文身很可能追溯到她们上高中的时候，或者她们在晓尔科沃发生的任何事。"

"但为什么都是一只蛾呢？"奥杰洛问。

"不知道。也许大象或犀牛的文身不适合漂亮女孩吧。"

三个人沉默下来。

"我们接下来怎么做？"过了一会儿，米米问道。

"目前我想确认一些事。"蒙塔巴诺说。

"我可以去开始调查家具厂和修理工了吗？"法齐奥反过来问。

"是的，越快越好。"

"那我呢？"奥杰洛问。

"我已经告诉你了，把皮卡雷拉的照片放进口袋，然后跑去见局长。照我说的做，今天下午五点回来见。哦，帮忙把坎塔雷拉喊进来。"

两人往外走的时候，蒙塔巴诺在半张纸上写了点东西。坎塔雷拉像个绳上系着的球一样冲了进来。"听您调遣，头儿！"

"在这张纸上你会发现两个名字：格瑞斯法和皮西基奥主教。我还把格瑞斯法的电话给你写下来了。我希望你给他打电话问问他妹妹的姓氏，她名叫卡梅拉。还有她的电话号码和地址。之后，我想让你在电话簿上找到皮西基奥主教的电话，给他打通电话接到我办公室。清楚了吗？"

"非常明白，头儿！"

※

五分钟以后电话响了。

"皮西基奥。"

"哦，主教大人。我是维加塔的蒙塔巴诺警长。抱歉，冒昧了。"

"你为什么想知道我妹妹的夫姓和电话号码？"对面打断道。

从主教大人的语气看，他显然很生气。天呐，坎塔雷拉这是做了什么？

"不是的，大人，我很抱歉，接线员肯定是……你看，您妹妹不是……原谅我，今天早上我想过去跟你讨论一个调查。"

"涉及我妹妹吗？"

"没有，大人。"

"那十二点整过来吧。主教广场 48 号。请准时到。"

通话终止，连再见都没说。这位皮西基奥主教真是个沉默寡言的人。

"坎塔雷拉！"

"我在这儿，头儿！我问到了格瑞斯法妹妹的电话。"

"但是为什么你也问了主教大人妹妹的姓名和电话？"

坎塔雷拉犹豫了。"但是你不是想要两个妹妹的电话吗？格瑞斯法和皮西基奥主教两个人妹妹的电话。"

"算了，把格瑞斯法给你的电话号码给我，你出去吧。"

坎塔雷拉出去时感觉受到了侮辱和冒犯。自然地，他写下的数字全都看不清楚。警长很幸运，第一次就拨对了。

"是拉坡托夫人吗？"

"是的，请问你是？"

"我是蒙塔巴诺警长。我从你哥哥贝尼亚米诺那里要到你的电话。我需要和你谈谈。"

"和我？"

"是的，夫人。"

"我为什么要跟你谈？这是要干什么呢？我的良心是干净的！"

"我并不怀疑，我只是需要询问你点儿情况。"

"哈哈哈！我懂了！"拉坡托太太讽刺地咯咯笑起来。"不要再一派胡言了，我的朋友！"

"我不明白，太太。"

"但是我完全明白！上次你来这儿咨询情况，然后卖给我一个次品吸尘器！"

或许换换语气更好。"好吧，五分钟之后会有两名警察到你家，把你接到警察局。"

"所以你真是个警察吗？"

"是的。我建议你回答我的问题：你找家庭护理照顾你哥哥的时候是找谁介绍的？"

"找帕特·平纳。"

"他是谁？"

"你什么意思，他是谁？他是一个神父，我教区的神父！"

"是他让你跟那个俄罗斯女孩卡佳取得联系的吗？"

"不是。帕特·平纳让我去跟蒙特鲁萨的皮西基奥主教大人谈谈。"

"是皮西基奥主教把卡佳给你送来的吗？"

"是他手下的一个人。"

※

蒙特鲁萨的老街道曲折蜿蜒，就像是肠道一样。禁止通行的标志、永不停息的道路施工、遍地的垃圾桶，还有两个月前房屋散落的碎石仍然堵着半条街道，街道本来就不宽。因为这些，警长十二点十分才到。

"你迟到了，"皮西基奥主教轻蔑地看着他说。"我可是告诉你一定要准时的！"

"对不起，但是交通……"

"你觉得交通是什么新鲜事吗？换句话说，如果知道总是堵车，就应该早一点儿离开家，然后就不会迟到。"

皮西基奥主教是一个大概五十岁的男人，高大魁梧，红色头发，看体形和行为方式好像之前是个橄榄球运动员。主教办公室的家具大多与其神职人员的身份相符，包括桌子后面的十字架。那十字架看起来，至少在蒙塔巴诺看来，像大人一样因为他迟到而严肃地瞪着他。

"我真的很羞愧。"他说，担心会受到体罚。

"你想从我这儿知道些什么？"

"别人告诉我。您是一个帮助别人找工作的组织的负责人。"

"是的。你说的那个'组织'是五年前成立的协会，名为善行社。我们的活动仅限于帮助年轻女孩，避免她们沉沦到社会的阴暗角落，如贩毒或卖淫……"

"你们有几个人？"

"除我外还有六人，三男三女，都是心怀慈悲的志愿者。"

"那些女孩是怎么找到你们的呢？"

"有许多方式。有些是自己找来的，是通过一种或另一种方式知道这个组织的存在。有些是教区牧师或类似我们这样的协会介绍来的，有些是普通人介绍来的。还有一些是我们说服她们放弃正在做的事情，转而信任我们的。"

"你们怎么说服她们？"警长问，内心希望说服的方式不包括强制策略，因为强制策略看起来比较符合这位橄榄球运动员的性格。

"我们的志愿者走到大街上去接近她们，也就是她们从事性交易的地方或特定的夜总会……长话短说就是我们试着在不可挽回的损失造成之前及时找到她们。"

"有多少人接受你们的帮助？"

"比你想象的要多。很多女孩都知道其中的危险，她们更喜欢一个可靠的工作而不是去赚那些来得容易的钱。"

"有女孩厌倦了可靠的工作又回去赚来得容易的钱吗？"

"极少。"

"我可以跟你们的志愿者们谈谈吗？"

"没问题。"

他在桌子上找了找，拿出一张纸递给了警长。

"这里是她们的姓名、地址和电话。"

"谢谢。我来这儿是为了两个俄罗斯女孩卡佳和伊丽娜，你们的组织，不好意思，你们的协会，曾经……"

"已经有人告诉我这个伊丽娜的事了，但我不是跟她谈话的人。"

"那是谁呢？"

"你看，我在法律上和公务上代表善行社，我主持协会，为它筹集资金，但是你相信在这五年中我从没见过这些女孩中的任何一个吗？"

"所以我应该去找谁？"

"去找这个单子上的第一个人，卡瓦列雷·古列尔莫·皮罗，他可以说是我们的执行人。"

"你们的组织，抱歉，协会，有总部吗？"

"有。恩培多克勒路 12 号的两个小房间。你在我给你的表上能看到所有信息。"

"他们都什么时间上班？"

"恩培多克勒路这边只有晚上7点钟以后会有人在。白天我的志愿者都有工作，你知道的。无论如何，做我们应该做的，电话里已经说得很充分了。但是现在也已经谈了不少的事情，请你见谅，我还有个约会。如果你之前能准时到达……"

※

因为已经在蒙特鲁萨了，所以他顺道拜访了自由频道的工作室。尼科洛·齐托告诉他时间不多，马上开始广播一点钟的报道。

"你知道的，除了那些照片，除了第一天打进来的两个电话，我们没接到其他电话。"

"这在你看来奇怪吗？"

"有一点。我应该继续广播吗？"

"今天再播一次，然后你就可以停止了。"

蒙塔巴诺也对证据的不足感到吃惊。通常用电视找一个人会引发洪水般的信息反馈，真正见过的、觉得见过的或者根本没见过那人的都会打来电话。然而这一次只有两个电话，而且这两个都完全没用。

※

他在饭馆前停下的时候下起了小雨。今天还是没有新鲜的鱼，恩佐给他上的第一道菜是罗勒意大利面，第二道是鳕鱼干。蒙塔巴诺觉得没什么可抱怨的，即使他不是特别喜欢鳕鱼干。离开饭馆的时候还在下小雨，所以他去了总部。

根据皮西基奥主教给他的单子，单子上的第一个人卡瓦列雷·古列尔莫·皮罗，那个执行人有三个号码，办公室、家里和手机号码各一个。很有可能这个时候卡瓦列雷还在家里，吃过午饭后正在休息。

警长用他的直线电话拨打了第一个号码。"嗨？是皮罗家吗？我是蒙塔巴诺警长。是卡瓦列雷·皮罗吗？"

"你等一下，我喊他。"一个女孩子的声音说。

显然卡瓦列雷在他自己家里也利用了他的协会。

"你好，我不太知道你是谁。"

"卡瓦列雷，我是蒙塔巴诺警长。我需要尽快见你一面。"

"关于房子？"

他在说什么？房子跟这个有什么关系？

"不，我需要从你那里获取一些俄罗斯女孩的信息，她们……"

"我懂。因为我的主要职业是卖房子，我还以为……谁给了你我的号码？"

"皮西基奥主教，他还给了我你们善行社的传单。"

好吧，他尽力不称之为组织。

"哦。所以我们可以晚些时候在恩培多克勒路见个面。"

"好的。告诉我什么时候。"

"六点对你来说可以吗？如果你想早一点见到我，你可以到我的房地产办公室来，在……"

"不用了，谢谢你，卡瓦列雷，六点对我来说非常好。"

他有片刻的迟疑，假使善行社的每个人都像皮西基奥主教那样具有强迫症怎样办？

"我想提前跟你说一下，我也许会晚到一会儿。"

"没关系，我会等你的。"

※

第一个在五点钟来报告的是米米·奥杰洛。

"你见到局长了么？"

"你知道奇奇纳太太已经跟他谈过了吗？"

"哈，真没想到！这位女士可能天刚亮就去见了局长！长话短说，他跟你说了什么？"

"我们一直以来把绑架看得太轻了。我们立即得出了结论：一切都是自编自演的。因此我们并没有进行任何认真的搜索。我们过于草率了。如果事实证明绑架确实发生了，那么他绝不会偏袒庇护我们。我们没有权利认为奇奇纳太太可能犯了错。照片中的人很可能是长相相同的人。世界上每个人都有六个相同长相的人，这样的普遍说法并不是那么牵强。那个……"

"够了。总之呢？"

"还记得庞蒂斯·彼拉特吗？"

法齐奥走了进来。

"你有什么大消息给我吗？"

"没有，头儿，我空手而归。无论如何，我这边进展很慢。"

"怎么说？"

"因为我不知道我应该问些什么、做些什么、看些什么。无论如何，我从两个修理师和镇上的一套家具开始下手。"

"告诉我吧。"

"亚努齐家具厂一年前破产了。店面还开着，因为要清仓甩卖，但是他们原来的加工车间，一个大仓库已经关了，没人在里面了。我看门上的挂锁都生锈了。我可以向你们保证，已经好几个月没人动过了。"

"那修补师傅们呢？"

"他们其中一个在一个只有十五英尺宽的店铺里工作，勉强算是修补师傅吧。他修理柳条椅子、缺了腿的梳妆台之类的。他要用的东西都放在人行道上，晚上搬到店铺里，也是堆着。另一个人是真正的修补师傅。我和他谈过，他叫菲利波·托达罗。他有一点红紫素，给我看了。按他讲，修补碎掉的镀金件只需要一点点红紫素，几克就行。"

"你是在告诉我，我们用不着再去调查修补师傅这条线了吗？"

"是的，头儿。"

"好的。我记得你说只有四个家具制造商需要调查。"

"是的，但是……"

"你认为没必要吗？"

"是的，头儿。"

"别泄气，法齐奥。到明天你会完成的。相信我，那太重要了。你必须查出来。"

"我可以查两个。"米米说，看到法齐奥忧郁的脸感觉他很可怜。

"但为什么你认为没有意义？"蒙塔巴诺坚持道。

"我说不出来，头儿。一种感觉。"

"你想知道怎么回事吗？"警长说。"我跟你有同样的感觉。

所以让我们先排查家具制造商。如果做完了，确实没有用，那咱们再好好琢磨下别的思路。"

"你说了算，头儿。"

※

又下起了一场倾盆大雨，雨刷都刷不动了，警长疯狂地寻找恩培多克勒路。最后转到那儿的时候，他发现连停一根针的空间都没有。他设法在附近一条平行的名叫柏拉图的小巷里停了车。鉴于他来到了哲学的地盘，他决定以哲学的视角审视整个情况。

他在车里等着雨稍作停顿，最后还是下车冲进了公寓，晚了15分钟，但没人指责他。

"首先，我想知道你的工作如何进行。"

"我们的工作其实很简单。"卡瓦列雷·古列尔莫·皮罗说。

他衣着整齐，个子不高，大约六十岁，头上没有一根头发可以挽救他的年龄。他还有个习惯小动作：每隔三分钟左右，他就会用右手食指放到鼻子下面，很快。两间小房间中的第一间是接待区，里面放着椅子、扶手椅和沙发；警长和卡瓦列雷在第二个房间，有一台电脑、三个文件柜、两部电话和两张桌子。

"关键是要从她们当中找出符合雇主需求的女孩。一旦我们找到合适的女孩，我们就会让她同申请人联系。情况就是这样。"

情况就是这样才怪，蒙塔巴诺想。虽然没什么具体理由，但他一下子就讨厌起来这个卡瓦列雷了。

"你们客户的特殊要求是什么？"

这个卡瓦列雷已经把手指放到鼻子下边三次了。

"不好意思，警长，但是用客户这个词并不合适。"

"那什么词合适呢？"

"我不知道。但是我想说清楚，人们来我们这儿找女孩不花一分钱。我们是社会公益服务，非营利性的，目的在于解救和……为什么不呢？去救赎。"

"好吧，但是钱是哪里来的？"

卡瓦列雷·皮罗的脸看起来被这个残忍的问题困扰了。

"上帝那里。"

"那么隐藏在这个假名后面的是谁？"

这次这个卡瓦列雷被激怒了，"我们从来没有隐藏过什么，你知道吗。我们得到许多人的帮助，包括捐款，大区和省级政府拨款，更用不说市政厅、主教慈善……"

"中央政府不发吗？"

"有，数额比较小。"

"多少？"

"每位客人一天八十欧元。"

很公平，不管数额多少。正如这个卡瓦列雷说。

"目前你们有多少个女孩？"

"12 个，但已经到我们的极限了。"

一天 960 欧元。按每年平均 10 个女孩计算的话，那就是 29.2 万欧元。这是最起码的吧？对一个非营利性社团来说真是不错啊。

蒙塔巴诺开始感到可疑了。

9

　　此外，在警长看来，这个卡瓦列雷的态度还有可疑的地方。他是对警长提问的方式感到不满，还是怕被击中要害呢？卡瓦列雷害怕会被问到可能很难回答的问题？如果是这样，那么切中要害的问题是什么？

　　"女孩们等待安置的时候，你们会给她们提供住宿吗？"蒙塔巴诺直截了当地问。

　　"当然。在蒙特鲁萨外一点儿有一栋小别墅。"

　　"是你的吗？"

　　"我倒希望呢！不是我的，租的，房租可不便宜。"

　　"付给谁？"

　　"给一个总部在蒙特鲁萨的公司，名叫米拉布利斯。"

　　"你们派员工到那儿吗？"

　　"有，有一个固定员工。但我们也需要外聘工、临时工。"

　　"比如？"

　　"举个例子，医生什么的。"

　　"如果女孩儿们生病了的话？"

　　"不只是在生病的时候。你看，每一个新来的女孩儿都要立即体检。"

"看看她有没有性病？"

卡瓦列雷·皮罗没有掩饰他对这个问题的恼怒。他紧锁着眉头，抬起眼睛看着天上，把手指伸到鼻子下面，所有这些都特别有喜剧效果。

"这是自然。但主要是看她们体格是否健壮。你知道，她们之前被迫过着悲惨的生活……"

"医生是你们付钱吗？"

"不是，我们与主教有约定，所以……"

想象一下他们勉强拿出一个里拉的样子！

"你们也免费拿到药物吗？"

"自然。"

自然，你怎么会做赔本的买卖呢！

"让我们回溯一下。我刚才问你，你提到的特殊需求是什么。"

"有的人想要家庭护理，有些想要女管家，有些想要个厨师。懂了吗？"

"完全懂了。都讲完了吗？"

这个卡瓦列雷又刮了刮鼻子。

"年龄和宗教也是很重要的。"

"还有其他的吗？"

刮鼻子已经快突破音速了。

"他们还能需要什么其他的呢？"

"我不知道……头发颜色……眼睛颜色……腿长……胸

围……腰围……"

"他们为什么要提这些要求？"

"你知道，卡瓦列雷，可能会有一些老家伙做梦想要一个长得像仙女一样的家庭护理。"

这个卡瓦列雷先伸出右手食指放到鼻子底下，接着伸出左手食指。蒙塔巴诺换了话题。

"平均年龄是多少？"

"粗略估计，二十七八岁吧。"

"但是，这些女孩是从完全不同的世界来到你们这里的。她们怎么学习成为厨师或女管家？"

古列尔莫·皮罗看起来有些如释重负。

"不用花多长时间。她们都是聪明机灵的女孩儿。每当我们注意到其中一个有特殊的本领，我们就会帮助她，可以说去完善自己……"

"让我直说了吧。你们会请教师教她们做饭之类的吗？"

"有什么必要请教师呢？传帮带就行了，还省下雇人的成本了呢。"

"皮西基奥主教告诉我，有些女孩是通过教区牧师介绍来的，还有通过其他你们这样的协会，还有些是直接招募的……"

卡瓦列雷的手指狂乱地伸到了鼻子底下。

"仁慈的上帝，多么一个丑陋的字眼！招募！"

"我又说错了什么吗？请原谅我，卡瓦列雷，我词汇量有限。你自己怎么描述？"

"哈，我不会……说服……救助，我会用救助。"

"她们是如何被说服来获得救助的呢？"

"马西诺时不时会承担这项任务，在夜总会四处走动。"

"这个任务肯定不轻。"

卡瓦列雷·皮罗没有听出其中的讽刺意味。

"是的。"他说。

"他只去西西里的夜总会吗？"

"是的。"

"他是花自己的钱吗？"

"那就好了！不是的，他会给我们费用清单。"

"所以他是怎么工作的呢？"

"怎么说呢，一旦他注意到一个女孩有与众不同的地方。"

"怎么不同？"

"更保守……对客户进行的性骚扰不那么开放……马西诺就会找到她，开始跟她谈。马西诺，我该怎么说呢，有点过于健谈。"

"过于健谈！多谢你丰富了我的单词量。马西诺每天晚上都会去走动吗？"

"苍天啊，不是！只有周六晚上去。否则，熬整整一夜，他的工作将会……怎么说呢……"

"一落千丈？"

这个卡瓦列雷给了他轻蔑的一瞥。

"关门大吉了。"

"马西诺的全名叫什么？"

"托马索·拉皮斯，是主教大人给你的名单上的第三个名字。但是安娜有时候也做同样的事。安娜·格雷戈里乌是名单上的第四个名字。"

"安娜·格雷戈里乌单独在夜总会闲逛吗？"

"绝对不是。她是个很有吸引力的女孩，这容易产生误解。她和男朋友一起。她男朋友不是我们协会的。"

"但是他知道怎么把利益和快乐结合起来。"

"我不明白你的意思。"

"这位年轻小姐也提供费用清单吗？"

"当然。"

"她也周六晚上去吗？"

"不是，周日。她星期一休息。"

"她是做什么工作的？"

"理发师。"

"听着，我要告诉你我为什么想要见你。我要告诉你两个名字：伊丽娜和卡佳，俄罗斯人，两人都是二十岁出头，都出生在晓尔科沃。"

"你知道吗？我就知道，迟早有这么一遭。伊丽娜又有麻烦了吗？卡库拉齐会计向我们强烈抱怨了斯特洛姆夫人珠宝被盗事件。但是我们没有办法保证这些女孩遵守道德。所以这次她做了什么？"

"我不知道她是否陷入了更多麻烦。我知道伊丽娜姓伊里奇。我还想知道卡佳的姓。"

"稍等一下。"他走到电脑前找了一下。"卡佳·李森科，1984年4月3日出生于晓尔科沃。她也做错了什么吗？"

"不知道。"

"记录显示，我们把她安排到了一名维加塔男子的家里，他叫贝尼亚米诺。她还在那干吗？"

"没有，她离开了。她回来跟你联系了吗？"

"没有，我们再也没收到她的消息了。"

"那伊丽娜呢？"

"也没有，无论如何，如果有的话，我们绝对会把她抓起来。我们绝对尊重……"

"让你们失望、辜负了你们信任的女孩多不多呢？"

"幸好只有两次。当然你也知道，按比例算就有点可笑了。伊丽娜和一个尼日利亚女孩。"

"那个尼日利亚人做了什么？"

"她把刀插到了女雇主身上。这发生在大概四年前。除此之外，我们没有收到过任何其他投诉，感谢上帝。"

警长想不到任何其他要问的问题了。他感觉还有可疑之处，甚至比之前感觉更强烈，但却说不出这种感觉是哪里来的。他站了起来。

"谢谢你所做的一切，卡瓦列雷。如果未来再次需要你……"

"我完全听候你的差遣。让我送你出去吧。"

当他走到门口的时候，蒙塔巴诺想了想问道："你还记不记得卡佳和伊丽娜是不是同一时间进入你们协会的？"

卡瓦列雷毫不犹豫地回答。

"她们是同时来的，我记得很清楚。"

"为什么记得？"

"她们非常害怕，可以说惊恐万状了。米凯利纳，名单上第二个名字，负责迎新。她不知道怎么办好，就打电话给我让我帮忙，让她们冷静下来。"

"她们说过为什么害怕了吗？"

"没有。很难搞清楚。"

"什么意思？"

"她们可能是偷跑出来的。要我怎么说呢？从欺压她们的人手里，没告诉他们。"

"是什么让你觉得她们是正在被欺压？据我们所知，她们不是妓女，是舞女。"

"当然。但不论谁把她们弄到意大利，也许还没有把款付清。你懂这类移居国外是如何运作的，对吧？另一方面，她们的朋友一周以后到的。"

太惊人了，比被警棍打头还惊人。

"她们的……朋……朋友？"

卡瓦列雷被蒙塔巴诺的极度困惑弄得手足无措。

"是的，桑娅，同样来自晓尔科沃。她……"

"你们把她安置在哪儿了？"

"我们没有充足的时间安置她，因为跟我们待了一周之后，某天晚上她就再没回别墅。她消失了。"

"但是你有没有问她的朋友们知不知道些什么？"

"我们问了，伊丽娜让我们放心，她说桑娅碰到了父亲的一个朋友，然后她……"

"是马西诺劝说她们三个来你们协会的吗？"

"不是。她们自愿加入的。"

"你们有女孩们的照片吗？"

"我有她们护照的复印件。"

"让我们回里面吧，我想看看。"

卡瓦列雷一边从电脑里打印护照，蒙塔巴诺一边问他："你可以给我女孩们住的别墅的地址吗？"

"当然。在蒙塔波托路上，过了汽车加油站就是。它是个相当大的别墅……"

"多大？"

"三层。你一下就认出来了。"

小别墅突然变成大别墅了。

"女孩们在那里吃饭吗？"

"是的。我们雇了一个厨师和一个女佣，还有一个女管理员，跟她们一起住。有的时候她们有点焦躁，会为最愚蠢的事情争吵、打斗、刁难彼此。"

"我可以去那里吗？"

"哪儿？"

"去那个小别墅。"

卡瓦列雷看起来不大高兴。

"在这个点的话……守夜人已经在值班了。他有明确的命令不放任何人进去。你可以想象，那么多女人在那里，一些无所事事的人可能试图……如果你想的话，我提前打个电话，并且……但是我真的不明白你为什么……"

"女佣和厨师也都睡在那儿吗？"

"厨师睡在那儿。女佣不睡，她早上九点到，工作到下午一点。"

"写下女佣的姓名，以及地址和电话号码。"

※

他到家做的第一件事就是把复印件放到桌子上，开始打电话。

"埃内斯蒂娜·武洛夫人吗？我是蒙塔巴诺警长。"

"哪里的警长？"

"警察局。"

"听着，我把我儿子纳托努踢出家门了，狠踢了他的屁股。他不是都成年了吗？"

"谁？"蒙塔巴诺问，有一点发愣，想知道这个问题是不是跟自己说的。

"我的儿子。他不是法定成年了吗？"

"我可不知道。"

"他当然法定成年了！他都三十了！去他打飞机的地方找他就好了，别来我家。再见。"

"夫人，请等一等，不要挂断电话。我打电话不是找您儿子的，而是关于您在善行社工作的那所别墅……"

"那些荡妇！那些讨厌的小荡妇！贱人！淫妇！一堆自轻自

贱的女人！不要提了，警长！想象一下，早上这些婊子们光着身子到处走！"

正是他想知道的。"听着，夫人，请在回答问题前尽量平静地思考。尽量好好地试着回忆一下，一段时间以前，那里有三个名叫伊丽娜、桑娅和卡佳的俄罗斯女孩，你还记得她们吗？"

"当然。卡佳是个好女孩。桑娅跑了。"

"你注意到三个女孩左肩胛骨附近有同样的文身吗？"

"是的，一只蝴蝶。"

"她们三个都有？"

"是的。相同的蝴蝶。"

"你有注意到电视新闻里说的……"

"我不看电视。"

让她来警局看一下照片有用吗？他决定不这么做。

"有一次，但是已经是两年前了，"这个女人继续道，"我在俄罗斯女孩左肩胛骨上看到了一个文身，跟其他所有人的蝴蝶恰好在同一个地方。"

"是不同种类的蝴蝶吗？"

"不是，先生，那不是蝴蝶……等一下，我记不得那个叫什么了……那个叫……"

"你能给我解释一下是什么吗？"

"你不知道是什么。上帝啊，每个人都知道那是什么！我怎么给你解释啊？"

"试一下。"

"这么说吧，它大概有苍蝇那么大，晚上飞来飞去，还发光。"

萤火虫。

※

他放下话筒，电话响了。

"蒙塔巴诺先生吗？我是阿德莉娜。"

"你好，阿德尔。怎么了？"

"先生你忘了吗？"

"忘了什么，阿德莉娜？"

"我的孩子想要见您。"

他完全忘记了。"阿德尔，不好意思，我太忙了……"

"孩子说他很着急。"

"我保证，我会在明天早上去见他。晚安，阿德尔。"

※

既然电话在他手上，他就又打了个电话。

"法齐奥？"

"什么事，头儿？"

"抱歉你回家还打扰你。"

"没事儿，头儿！"

"你在家具厂那儿找到任何线索了吗？"

"我和奥杰洛警探决定调查蒙特鲁萨的这两家。我只花了一个小时的时间。第一家是做现代家具的，根本不镀金。第二家偶尔用，那也是两年前了。我问老板有没有保留红紫素，他说有的一点已经扔掉了。"

"所以，照你这么说，我们是在错误的轨道上吗？"

"我觉得是。"

"让我们等等看奥杰洛怎么说，然后才好决定。你明天早上有时间吗？"

"当然。你想让我做什么？"

"我发现，我们说过的那些俄罗斯女孩寄宿在善行社租的一栋别墅里，这个协会是由皮西基奥主教主持的，目的是为这些女孩找工作。他的得力助手卡瓦列雷·古列尔莫·皮罗有一家房地产公司。卡瓦列雷告诉我，那栋别墅属于蒙特鲁萨一家名为米拉布利斯的公司，是蒙塔波托路上一栋三层高的大别墅，在加油站后身。"

"你想让我去那里？"

"不是，我想知道这家米拉布利斯公司里都有谁，董事以及其他成员的名字。我要知道正式的公司名。不过，更重要的是，查清楚隐藏在正式名称底下的那个名字。"

"我会试试看。"

"不好意思，我还没说完。"

"继续。"

"我还想了解这个卡瓦列雷·古列尔莫·皮罗自出生后的所有事。就像我说的，他在蒙特鲁萨经营着一家房地产公司。我想知道他的风评。"

"他在你看来很可疑？"

"我能说什么呢？这整个协会在我看来都很可疑，尽管这仅仅是种直觉。也许这位大人甚至都不知道，但也许在他背后⋯⋯"

"我明早就过去。"

没有下雨，但天气仍然不好。大海退出了阳台的边缘，正在退出海滩的中途上，他可以去外面阳台吃了。

他吃着硬质小麦制成的面包，尽情享受了一碗茄丁酱，面包他特别喜欢。有时候面包特别新鲜，他会用手掰开，狼吞虎咽地吃掉。

电话礼貌地等到他吃完才响起。

10

"萨尔沃，是我。"

"利维娅！"

他已经不再等她的电话了。他们最后一次对话之后，他就认为她不会再给他打电话了。如果有的话，也是他给她打电话。他也试着这么做了，但是发现没人在家，所以就放弃了。没有坚持，避免了争论，甚至有点松了一口气的感觉。因为继续通过电话交谈将是毫无意义的，也许会让事情更糟糕。他们必须亲自见面谈谈，但这恰恰也是他所害怕的。最微小的事情、错误的用词、一个小愤怒的爆发都可能会把他们带上不归之路。与此同时，他们都像氢气没充满的气球一样悬在半空中，上不去也下不来。

随着一天天过去，这种僵局变得比一个活生生的地狱还要糟糕。她的声音立刻就让他的心脏跳动起来了。他感到嘴唇都干了，说话困难。

"很高兴接到你的电话，真的。"

"你在做什么？"

"我刚在阳台吃完饭。幸运的是雨停了，已经下了好多天了。"

"我这边不下雨。你可以穿着衬衫坐在外面吗？"

"可以，不冷。"

"你吃了什么？"

接着他理解了。利维娅想要跟他在一起，在他马里内拉的房子里。她正在试图用以前见过他多次的方式想象他，试图通过描绘他每天晚上的习惯行为消除距离的阻隔。他突然被一种忧郁、柔和、遗憾和欲望构成的混合感觉所征服。

"茄丁酱。"他用嘶哑结巴的声音说道。

世界上怎么会有嗓子能发出这样的一个词呢？

"你为什么不打电话了呢？"

"我几天前的晚上试着打了，但是你没有回。这之后我没有……"

"你就不想再试了？"

他正要回答他没有时间，但是他没有，而是说出了真相。

"我没有勇气。"

"我也没有。"

"那你怎么决定今天晚上打呢？"

"因为我们不能继续这样了。"

"是的。"

沉默降临了。但是蒙塔巴诺继续听着利维娅微微喘气的声音。只是因为说话的对象是自己吗？是情绪还是其他的什么？

"你好吗？"他问她。

"你觉得呢？你怎么样？"

"我当然不是感觉很好。"

"但是你在工作吗？"

"是的，我手上有个案子。"

"你很幸运。"

"为什么？"

"因为你可以分散自己的注意力，而我就不能忍受了。"

"你什么意思？"

"我打电话请了病假。但那并不完全是一个谎言，我每天都有点低烧。"

"每天？你有打电话叫医生吗？"

"有，不是特别严重。我需要进行一系列无聊的检查。无论如何，从昨天开始，我可以在家里待两个星期。我没法去上班了。你懂我意思吗？"她惨淡地笑了笑。"我头一次犯了重大工作失误，被批评了。"

然后未经思考，因为这是来自他心底的想法，他说："如果你不去上班了，你为什么不来这里呢？"

过了几分钟，利维娅继续说，"这是你真实的想法吗？"

"搭明天的航班来吧。我去机场接你。来吧，没什么可考虑的。"

"是不是等一等更好？"

"等什么？"

"等你解决了手上的案子。我觉得，我明天就是去了，你也没有多少时间。"

"我会抛下一切。"

"萨尔沃，你知道到最后你肯定是做不到的。你会开始找借口，一些我受不了的借口，就像现在这样。"

"我保证我会……"

"我知道你所有的保证。"

蒙塔巴诺想：这就是我害怕用错的词，现在惯常的争吵即将开始。

利维娅又说道："无论如何，我认为如果只能匆匆见面的话，那是谈不开的。无论要花多少时间，我们谈话的时候必须看着彼此的眼睛。"

她是对的。

"所以我们怎么做？"

"这样吧。你要是确定能有几天假，真正的假期，给我打电话，我就过去。怎么样？"

"好的。"

"希望很快能再好好谈谈。"

"好的。"

"睡个好觉。"

"你也是。"

"我……我会跟你保持联系的。"

接着他们挂了电话。蒙塔巴诺有明显的感觉，利维娅就要说"我爱你"了，但是尴尬感阻止了她。他觉得非常感动，以至于不能呼吸。他跑到阳台上，用手抓住栏杆，深吸了一口气。然后他坐了下来，把头放在手臂上。

利维娅声音里的悲伤情绪给他留下了清晰的印象，他感到很不舒服。以前只有一次他听到过利维娅说话时带有同样的情绪：当她说自己不能生孩子的时候。

※

他睡得不好，像往常一样辗转反侧，起来又回到床上，打开又关上灯看时针。最后，他终于看见黎明的光芒透过了窗户。

他起了床，终于有了充满希望的感觉。也许垂钓者搞错了坏天气持续的时间。情况确实如此。

天朗气清，海面虽有波光，但不再汹涌，已经有渔船出海了。一想到终于可以在恩佐餐厅吃上新鲜的鱼了，他便感到很安慰。

他安慰极了，于是又睡了三个钟头的回笼觉。

※

离开家后，他决定不去警局，而是立即去蒙特鲁萨几公里外的监狱。他没有获得与在监人员谈话的授权，但是他指望狱长能通融一下。她是个通情达理的女人。事实上，只花了他一会儿工夫，就与阿德莉娜的儿子帕斯夸里面对面地坐在一个小房间里了。

"他们准备什么时候允许你回家缓刑？"

"还得等几天。据说法官要再考虑考虑。有什么可考虑的？他头上有角吗？但是我不能再等了，我要告诉你我必须要告诉你的事情。"

"你必须要告诉我什么？"

"警长，这很重要。我是认真的。尽管我们坐在这里，但我从来没对你说什么。你明白我意思吗？"

"当然。"

"就这么说定了：你从来没有在监狱里见过帕斯夸里，我不想落一个告密的名声。"

"我向你保证。"

"你确认了在垃圾场发现的遇难女孩身份了吗？"

"不幸的是，还没有。"

帕斯夸里停下来，想了一会儿，接着说："某天晚上我正在看电视，他们展示了两张照片。"

蒙塔巴诺竖起了耳朵。他早已做好了听到任何消息的准备，只是没料到帕斯夸里会告诉自己与手头调查相关的信息。

"你的意思是蝴蝶文身？"

"是的，先生。"

"你之前见过？"

"是的，先生。"

"在一个女孩的身上？"

"不是，先生，在一张照片上。"

"继续说，省得我逼你说。"

"您记得佩皮·坎尼扎罗吗？"

"不记得。他是谁？"

"他被指控在蒙特鲁萨的地方银行持械抢劫。他在里面关了几个月，接着因为证据不足，就放他走了。"

"但是他到底做没做？"

帕斯夸里把脸和警长靠得如此之近，看起来都像是要亲他了。

"他做了，但是他们没有证据。"

"好吧，佩皮·坎尼扎罗和这个有什么关系？"

"让我来解释一下。他们关押了佩皮·坎尼扎罗，并把他和我关到了同一个牢房。"

"你以前认识他吗？"

帕斯夸里变得闪烁其词起来。"呃……我们合作过几次。"

最好不要问合作干过什么。

"继续。"

"警长，你要相信我。他简直不是我过去认识的那个佩皮了。他变了个人。以前他总是到处开玩笑，都是友好的玩笑，边笑边说，吹牛打屁。但现在他总是很沉默、悲观、紧张。"

"为什么？"

"他坠入了爱河。"

"这就是恋爱对他的影响？"

"是的，他不能没有那个女孩。晚上他会呻吟，喊她的名字。我真是为这个可怜的家伙难过。他总是拿着她的照片，时不时地吻她。然后有一天，他让我看了一下她，她真是个美丽的女孩。"

"你怎么能看到照片中的文身呢？"

"因为照片是从身后拍的，露出了女孩的肩胛骨，她的头也是转过来的。所以你可以正好看到那只蝴蝶。"

"他告诉你关于她的什么事了？"

"他说她是俄罗斯人，25 岁，过去是个舞女。"

"她的名字叫什么？"

"我想是齐恩。"

这是什么名字？齐奈达的简称？

"他还跟你说了其他关于她的事情吗？"

"没有了。"

"我能在哪儿能找到坎尼扎罗？"

"我怎么会知道呢，警长？我在监狱里，他在监狱外面。"

"谢谢你，帕斯夸里。希望他们能尽快让你出去。你真是帮了不少忙。"

离开监狱之前，他向管理处要了佩皮·坎尼扎罗的地址。警长决定立刻去见他。

※

那是一个四层建筑，坎尼扎罗住在三层。蒙塔巴诺按了门铃，但是没人开门。他又按了一会儿，还是没反应。所以他开始握紧拳头砸门，接着又踢了几脚。他弄出的动静把对门的老太太惊动了。她一脸怒气。

"弄出那么大动静干什么？我儿子在睡觉！"

"您好，夫人，这会儿睡觉有点晚了。"

"我儿子值夜班，你这个婊子养的！"

"对不起，我在找坎尼扎罗。"

"如果他没有应门，那意味着他不在里面。"

"你觉得他会不会很快回来？"

"我怎么会知道？我已经三天没看到佩皮上下楼梯了。"

"听着，夫人，你最近看到佩皮那个叫齐恩的女朋友了吗？"

"我见没见过她，关你屁事？"

"我是蒙塔巴诺警长。"

"你知道你让我多害怕吗？我都吓得拉裤子了！"老妇人说道。她使劲把门甩在他脸上。她可怜的值夜班的儿子肯定从床上摔下来了。

找不到坎尼扎罗，他又回到监狱。这次狱长有点不大乐意，但最终被说服了。于是蒙塔巴诺又跟帕斯夸里在小房间里相遇了。

"发生了什么，警长？"

"我去了坎尼扎罗家，但他不在。他对门的女士说她已经三天没有见到他了。"

"齐恩也没在？佩皮告诉我他俩已经同居了。"

"她也没在。你知道我可以在哪里找到他吗？"

"我不知道，警长。但是没准儿可以跟这儿的什么人谈谈……佩皮的两个朋友在这里……如果我发现什么线索会告诉你的。"

※

直到午后他才到达办公室，他被拥挤的交通搞得心烦意乱。他一走进办公室，坎塔雷拉发出了一声希腊唱诗班似的哀叹。

"啊！头儿！"

"等等。法齐奥在这儿吗？"

"他还没来。啊！头儿！头儿！"

"等等。奥杰洛呢？"

"他也还没来。啊！头儿！头儿"

"呀，这讨厌鬼，坎塔！怎么了？"

"局长打电话来了！他打了两次！他特别着急！第二次比第

一次更急！"

"他想做什么？"

"他说，他想让你放下手头的一切，马上去见他。天呐，你真该听听他是怎么大喊大叫的！我应该尊重局长的，不过他还是有点失态了。"

警长做了什么把局长惹得发这么大火？然后他有了一个可怕的念头。他敢打赌，皮卡雷拉可能真的被绑架了。

"帮我个忙，打法齐奥的手机，把他电话接到我办公室来。"

"但是……头儿，头儿，如果你不快点儿去那儿，局长……"

"照我说的做，坎塔。"

他一坐下，电话就响了。

"法齐奥，你在哪儿？"

"我在蒙特鲁萨，头儿。做你交代我做的事。"

"你发现关于米拉布利斯的任何事了吗？"

"晚些时候我再告诉你。"

因此，那就是有些什么了。说明他是对的。

"听着，法齐奥，我接到电话被叫去局长办公室，我不想……有任何关于皮卡雷拉绑架案的消息吗？"

"能有什么消息呢，头儿？"

"四点钟见。"他挂了电话。

"坎塔雷拉吗？打奥杰洛警探的手机。"

"马上，头儿。数到五……马上，头儿，把他转接给你。"

"米米，你在哪儿？"

"在蒙特拉格，我在调查他们这儿的家具厂。"

"有什么发现吗？"

"没有。他们做的现代家具什么装饰都没有。真是不得了。"

"你了解到了任何关于皮卡雷拉的消息吗？"

"为什么应该有些关于皮卡雷拉的消息？"

"四点钟见。"

他走出办公室，一边爆着粗口一边上车，踏上了返回蒙特鲁萨的路。早晨宜人的天气持续到了现在，万里无云。

※

"嗨，蒙塔巴诺。"

"嗨，拉特斯博士。"

怎么可能每次他去局长那里的时候第一个碰见的总是人称"拿铁"的拉特斯博士呢？

"家人都好吗？"

拉特斯是局长的办公室主任，从很久以前就以为蒙塔巴诺警长结婚生子了，一直都说服不了他。蒙塔巴诺的回答只能是：

"感谢圣母玛利亚，他们都很好。"

拉特斯什么也没说。他特别喜欢说"感谢圣母玛利亚"，他为什么没有像他往常那样跟警长一起感谢圣母玛利亚呢？他为什么没有照平常叫他"亲爱的警长呢"？蒙塔巴诺注意到，拉特斯没有平常那么健谈。他想知道拉特斯的态度变化是否也是因为局长叫自己来的那件事。

"你知道原因吗？"

"没人告诉我。"

办公室主任答应得这么干脆，很值得玩味。

"恐怕是我做错了什么。"他喃喃地说，假装作出一个后悔的表情。

"恐怕你说对了。"语气很严肃。

"所以你知道些什么，却不想告诉我！严重吗，拉特斯博士？"

拉特斯博士点头表示肯定。

蒙塔巴诺继续夸张地表演："天呐！我不能失去我的职位！我还要养家！一个真正的家！孩子们啊！我可不跟现在很多人似的，搞什么协议同居。"

拉特斯博士四周仔细看了看，接待员在看报纸，只有他们两人在等候室里。

"听我说，"他直率地说："很明显你……"

就在那时，局长打开了办公室的门。

"你的意思是他还没到呢，那……"

拉特斯做出了一个本能反应。他用双手把蒙塔巴诺推向局长，同时向后跳了一下，拉开和警长的距离。

什么啊！他得了传染病还是什么？

"他到了！"他喊道。

"我能看见。进来吧，蒙塔巴诺。"

"需要我做什么吗？"拉特斯问。

"不需要！"

砰的一声，警长身后的门关上了。

11

　　肯定是非常严重的事情，所以最好不要马上一开始就跟博内蒂·阿德里奇说俏皮话，或者开门见山。那样事情肯定就全砸了。

　　局长走到办公桌后的扶手椅上坐了下来，但没有让蒙塔巴诺坐下的样子，这本身就确认了情况的严重性。

　　博内蒂·阿德里奇在那儿坐了足足五分钟时间，直勾勾地盯着警长，好像之前从没见过他一样，审查的结论是郁郁不乐，呸！蒙塔巴诺用了全身一半的力气才尽力保持一动不动，一言不发，而不是暴跳如雷。

　　"你能向我解释一下，那些观点是怎么进到你脑子里的吗？"局长终于开始了。

　　他指的是什么观点？谨慎起见，最好还是不要冒险了。

　　"局长先生，如果你想谈谈所谓的皮卡雷拉绑架案，我会负全责。"

　　"我不在乎什么皮卡雷拉绑架案。但是不要担心，稍后我们会有足够的机会来讨论那件事。"

　　"那是为什么呢？"

　　他一下子想起了皮科洛的破烂资料，当时他用韵文回应了局长。难道博内蒂·阿德里奇是受到圣灵灌注，突然意识到他是通过写诗来取笑自己的吗？

"啊，我懂了。你指的是维加塔不是利卡塔，利卡塔不是维加塔……"

局长瞪了瞪他的眼睛。

"你疯了吗？这是什么？我完全清楚维加塔不是利卡塔，利卡塔不是维加塔！你把我当成白痴吗？听着，蒙塔巴诺，别又开始像你平时那样装聋作哑了。我向你保证，这真的不合时宜！"

警长屈服了。"好的，那你告诉我吧。"

"他妈的对极了，我要告诉你！我直接说吧。你跟我好好解释解释，让你自己和我本人陷入困境，这对你有什么好处，玩弄人于股掌之间的快乐吗？"

"没有好处，也不快乐，相信我。我向你保证，当这一切发生的时候，我不是故意这样做的。"

"你在告诉我，你不是故意这样做的？"

"就是这样。"

"那就更糟了！"

"为什么？"

"因为这意味着你不分青红皂白地采取行动，没有考虑后果。"

保持冷静，蒙塔巴诺，保持冷静。说话之前数到三。干脆数到十吧。

"你哑巴了吗？"

"但是我做了什么？"

"你做了什么？"

"对，我做了什么？"

"请向我解释，你为什么去搅和善行社？为什么？你能告诉我为什么吗？"

还真有秘密。卡瓦列雷·皮罗这么快就跑去向老板抱怨了！如果这位卡瓦列雷那么快地去寻求庇护，你敢打赌，当警长感到不对劲儿的时候，他已经感觉到了吗？

"你知道他们背后是谁吗？"局长继续道。

"不知道，但是很容易想象。是皮西基奥阁下给您打的电话吗？"

"不只有这位大人，还有当地政府的负责人，他妻子非常慷慨地资助着那家慈善协会，还有副区长，更不用说负责社会福利的省议员了，还有市议员。你捅了马蜂窝了，你知道吗？"

"局长先生，我伸手的时候并没有认识到那是个马蜂窝。事实上，单看外表，它完全不像马蜂窝。我只是问了一个叫卡瓦列雷·皮罗的人几个问题，这个人是皮西基奥主教介绍我的。"

"他说你是突然闯入，而且使用了一种侮辱性的、审问式的语气。"

"突然闯入？是他跟我约的时间！"

"你最起码能不能告诉我，你为什么要去招惹这个皮西基奥主教和他那个什么协会吗？"

蒙塔巴诺用虔诚的耐心向局长解释了调查协会的来由。当局长重新开始说话的时候，他的语气温和了下来。

"麻烦大了，你知道的。"

"我赞同。然而，从我们的角度看，当我们采取行动的时候，我们总是会遇到国会议员、牧师、政客或黑手党成员，然后他们会围成一圈，庇护可能接受调查的人。"

"看在上帝的份上，蒙塔巴诺，别把我也算进去！老实说，你真的认为那个慈善协会和被谋杀的女孩之间有联系吗？"

"我都是以事实为依据。我别无选择，只能去询问善行社的人，因为另外两个和谋杀案受害者有同样文身的女孩都曾经从协会寻求过帮助。你找不到比这更紧密的联系了！"

"但是你认为另有隐情？"

"是的，但目前我还不能确知是否另有隐情，如果有的话，它又是什么。"

"你说的这些让我担心。"

"你什么意思？"

"你调查那个协会还会用多长时间？"

他怎么可能知道到底需要多长时间。

"我不能确定。"

"那我告诉你吧。我会再给你四天，一天都不要多！"

"那如果不够用呢？"

"你要让它够用。另外，在这四天里，我建议你谨慎行事。"

"不用担心，事情一旦不妙，我就脚底抹油。"

该死的，话已经溜出去了！

"如果我是你，我就不会说俏皮话，因为如果我再收到投诉的话，你自己想办法处理，再也没有回旋余地了。如果他们反对你的查案方法，我会立刻剥夺你的办案权。就算你跪在我脚下亲我的脚，我也不会动容：再一再二，不能再三再四！"

听到这样的一长串陈词滥调，蒙塔巴诺突然感到头昏眼花。一种恶心的感觉抓住了他。

"换句话说，局长先生，就是一旦出事，我自己负责。"

"我知道你完全理解我了。"

拉特斯正在等候室跟某人谈话。但当他看到蒙塔巴诺从局长的办公室走出来的时候，他立刻冲进他能找到的第一扇开着的门，消失了。

很显然，他不想同蒙塔巴诺有任何接触。在拉特斯眼里，蒙塔巴诺是个被驱逐、被处罚的人，是个臭气熏天的叛教者，不配拥有自己用圣母玛利亚的祝福给他创造的美丽家庭。

※

天渐渐晚了，饥饿感卷土重来，可能是在跟博内蒂·阿德里奇会面，为了保持冷静而消耗了太多能量吧。

"今天到了鲜鱼！"蒙塔巴诺走进餐馆的时候，恩佐说。

他不仅享受了盛宴，吃完后还如往常一样走向灯塔。垂钓者还在老地方。

"我错了，"他说。"没有持续一个星期。"

"那更好。但是会再下雨吗？"

"不是现在。"

当他走到平坦岩石上的时候，他突然想到，自己从来没有同利维娅一起在这里坐过。但是利维娅会同意坐在这儿吗？比方说，今天肯定不会同意。她会说："你看不见它还是湿的吗？"

这是真的。岩石上的所有小坑和凹陷都积着水，反着光。如果他坐在上面，裤子坐的地方就会变湿，颜色变深。他还站着，犹豫不决。

"像利维娅建议的那样做。"蒙塔巴诺一说。

"做你想要做的。"蒙塔巴诺二说。

蒙塔巴诺坐到了岩石上。

"你这么做是来气利维娅吗？"蒙塔巴诺一问。

"当然。"蒙塔巴诺二回应。

"这样怎么伤到别人了？如果利维娅在这儿，那么好，但是在目前情况下……"蒙塔巴诺一说。

"利维娅在不在这儿不重要，"蒙塔巴诺二反驳道。"关键是立场。这就是现实。"

"我能说点什么吗？"蒙塔巴诺自己这时候说。"唯一的现实是，我的裤子整个都湿透了。"

※

"啊，头儿！格雷斯扎打电话来了。"

"他想要干吗？"

"他说他很着急，想要跟你私下谈谈。他说自己在家里，问你是否可以打他家里的电话。"

"晚点儿我会打给他的。"

奥杰洛和法齐奥已经在办公室等他了。

"你要告诉我些什么，米米？"

"我要告诉你些什么？另外一家家具厂也生产现代家具，不使用红紫素。"

"你呢，法齐奥？"

"我可以用笔记吗？"

"只要你不给我背任何人的出生证明。"

"蒙特鲁萨的米拉布利斯公司已创办约十年，经营状况良好。业务范围是购进转售或出租大型建筑，如酒店、写字楼、会展中心、工业仓库等，类似这样的事情。"

"所以米拉布利斯不像皮罗说的那样是那座别墅的业主？"

"皮罗说的是事实。那座别墅确实属于米拉布利斯，但是个例外，只有这一座。他们从古列尔莫·皮罗的机构手中买下来还不到五年，古列尔莫·皮罗以很低的价格从濒临破产的马尔凯塞·托雷塔酒店手中买下来的。"

"这是多么美妙的巧合！"蒙塔巴诺惊呼。

"什么？"

"善行社是五年前成立的，随即通过米拉布利斯，皮罗获得并租下了这栋量身定做的别墅。多少钱？"

"每月七千欧元。"法齐奥回答。

"这钱可不少，是蒙特鲁萨市价的两倍。你调查到董事姓名了吗？"

"当然。"法齐奥笑着说。

"你为什么笑？"

"当你听到其中一个名字你也会笑的。目前有董事长兼总经理卡洛·瓜尔内拉，以及合伙人穆苏梅奇、泰拉诺瓦、布兰丁诺和皮罗。"

"皮罗？"

"埃马努埃莱·皮罗，头儿。"

"他是那个皮罗的亲戚吗？"

"他是古列尔莫的弟弟。埃马努埃莱在米拉布利斯买下那栋别墅两个月之前加入了董事会。怎么了，没让你笑吗？"

"没有。"

"那如果我告诉你，埃马努埃莱·皮罗是个傻子呢？他每天朝黑头鸟开枪，风一吹他的风筝就哭。"

"他妈的！"米米说。

"很明显，埃马努埃莱是给他哥哥卡瓦列雷打掩护。"蒙塔巴诺说，接着笑开了。

"你这会儿为什么笑了？"

"尽管这与我们的调查没有任何关系，我想到还有一个卡瓦列雷似的人也让弟弟挂名前台。这已经成为惯例了。"

"我们能做什么？"奥杰洛问。

"你想做什么，米米？这里面没有什么非法的，或者'可诉'的东西，现在人是不是这么说？按照新法律，哪怕杀了人也不'可诉'。忘了它吧。照我看来，这个协会肯定背后有巨大的政治利益。而且远不止如此。但是我们要万分谨慎。"

"局长要你做什么？"奥杰洛问道。

"米米，你真是个狡猾的人。你怎么知道我去跟善行社的人谈了？谁告诉你的？"

"我告诉他的。"法齐奥插嘴道。

"卡瓦列雷·皮罗到上层去投诉了。局长愿意掩护我们四天，然后就靠我们自己了。"

"你可以告诉我们发现了什么吗？"米米问。

蒙塔巴诺告诉了他们。他总结道：

"伊丽娜、卡佳和桑娅这三个人都是老家晓尔科沃的舞女，三个人都有同样的蛾子文身，还都在善行社租住的别墅住了一段时间。是她们自己自愿去的，不是托马索·拉皮斯或安娜·德格雷戈里奥说服的，至少皮罗是这么告诉我的。他还补充说，她们到别墅时都很害怕，但没有告诉他为什么。但是谁知道她们是真害怕还是假害怕？一周之后，桑娅消失了。卡佳去上班，为格瑞斯法先生当家庭护理，但当主家不再需要她时，她也消失了。"

"伊丽娜去我朋友英格丽家里当女仆，偷了她的珠宝，接下来也消失了。但还有第四个女孩有同样的文身。她的男朋友，一个叫佩皮·坎尼扎罗的流氓叫她齐恩，也许是齐奈达的略称。这个女孩是唯一一个没有通过善行社的人。"

"或许她通过了，但皮罗不想告诉你。"米米插嘴道。

"对。无论如何，佩皮·坎尼扎罗和齐恩还无处可寻。"

"但是有多少从晓尔科沃来的舞女将出现在这一事件中呢？"奥杰洛问。

"我认为除了这四个人外不会再有其他的了。"

"为什么？"

"我不确定。但是……飞蛾只有四只翅膀，不是吗？"

"总之，被谋杀的女孩只能是桑娅或齐恩。"法齐奥说。

"对。"蒙塔巴诺同意。

"但是他们为什么杀了她？"米米好奇道。

"我有个想法。"警长说。

"那你在等什么呢？"

"这条线索太薄弱了，太模糊了，真的。"

"好了，还是告诉我们吧！"

"伊丽娜是个小偷。齐恩跟小偷勾搭在一起。而另一方面，卡佳向格瑞斯法透露说想逃离某种环境。事实上，她没有从格瑞斯法那里偷任何东西，尽管她一直跟桑娅通电话。"

"你在暗示什么？"

"让我说完，米米。让我们停下来想一想伊丽娜。她偷了一些珠宝，但她是一个外国人。她怎么跟当地犯罪团伙搭上线转卖呢？在这么短的时间里，她可能在蒙特鲁萨去见谁呢？"

"大胆猜测一下。"米米开始了。

"我还没说完。现在让我们来看看那个被谋杀的女孩。帕斯夸诺在她头里发现了黑色羊毛纤维。它们不可能是毛衣或围巾上的。所以我说，如果女孩被杀的时候是戴着滑雪面罩以防被认出来呢？"

"你认为她可能是在抢劫时被逮住了吗？"

"怎么不可能呢？有人出其不意地抓住了她，并向她开了枪。你没听说吗？我们至高无上的议会通过了关于正当防卫的新法律？"

"但是枪杀那个女孩的人把尸体留在原地，而不是把她扒光扔到垃圾堆，那样岂不是更好吗？"法齐奥插嘴道。

"当然，"蒙塔巴诺承认道，"但是我开始的时候就声明了，我的假设很薄弱。然而，如果我们可以证明被谋杀的女孩是桑娅，她是金发碧眼的，我看了她护照上的照片，那么我想问你们：小红帽在外婆床上发现的是谁？"

"大灰狼。"米米说。

"是的。但是大灰狼不是别人，恰恰是那个慈善协会。"

"同意。但是我们怎么……"

"法齐奥，你那儿还有什么其他关于古列尔莫·皮罗的消息吗？"

"我没有足够的时间，头儿。"

蒙塔巴诺从他的夹克口袋里抽出一张折叠的纸。

"这是皮西基奥主教给我的。上面有协会工作人员的名字。姓名、地址和电话号码都有。这对我来说还不够。我想知道关于他们的一切，我是说一切。古列尔莫·皮罗、米凯利纳·齐卡里、托马索·拉皮斯、安娜·德格雷戈里奥、杰兰多·库尼奥、斯特凡尼娅·里佐。你们用不着去跟电话接线员和清洁工打听了。你们俩分工，但我希望至少在明天中午之前能得到一些信息。"

※

他没通过电话接线员，直接给格瑞斯法打了个电话。对方响了一声之后就接了。

"你好？"

"格瑞斯法先生，我是蒙塔巴诺。"

"哦，谢谢你，医生，我在等你的电话。"

"格瑞斯法先生，我不是你的医生，我是蒙塔巴诺警长。"

"哦，我知道了。"

"你想跟我说什么？"

"我去你的办公室不是更好吗，先生？"

蒙塔巴诺立刻就清楚了。蒙塔巴诺的侄女肯定在身边，老人不希望她听到他说的话。

"这是一个微妙的问题，不是吗？"警长神秘地问。

"是的。"

"你可以马上过来警局吗？"

"可以。谢谢。"

※

贝尼亚米诺·格瑞斯法进警长办公室的派头就跟马志尼手下的革命党一样，不知道的还以为是参加青年意大利党的秘密集会呢。

"你为什么让我打紧急电话？"

"用一下这儿的电话。"

"马尔兹拉医生吗？我是贝尼亚米诺·格瑞斯法。如果我的侄女孔切塔打电话过去，告诉她我在去你办公室的路上。不是，我实际上没在去你办公室的路上，但我希望你能这么告诉她，拜托了。可以吗？谢谢。"

"你的侄女密切关注着你吗？"蒙塔巴诺问。

"每次我出去的时候都是这样。"

"为什么？"

"她担心我把钱花在妓女身上。"

也许年轻的孔切塔担心得没错。

"你想告诉我什么？"

"我想告诉你，今天早上我坐公共汽车去了菲亚卡。"

"为公务？"

"什么公务？我退休了！我去……那是一件微妙的事。"

"不要告诉我了。那你为什么想跟我谈谈呢？"

"因为我处理完那件事，赶公共汽车回家的时候看到卡佳了。"

蒙塔巴诺从椅子上站起来了，"你确定是她吗？"

"我用性命担保。"

"卡佳看到你了吗？"

"没有。她正站在一栋房子打开的前门那儿，接着她进去了，关上了身后的门。"

"你为什么没有叫住她，跟她说说话呢？"

"没时间。如果错过了公共汽车，我怎么跟我侄女说？"

"你还记得那栋建筑所在的街道和门牌号吗？"

"当然。马里奥·阿尔法诺街 14 号。那是一座两层小楼。前门外面的名牌写着公证人埃托雷·帕米萨诺。"

12

　　格瑞斯法离开后，警长告诉坎塔雷拉他想马上见到法齐奥和米米。但是奥杰洛已经回家了。显然贝巴又一次因为孩子肚子疼给他打电话了。

　　法齐奥认真听取了警长对案件进展的总结，然后问道：

　　"我们应该马上去菲亚卡吗？"

　　"我不知道。"

　　法齐奥瞥了一眼他的手表，说："如果我们马上离开，肯定能在八点半之前到菲亚卡，那个时间我们可能恰好碰到公证人和妻子吃饭，卡佳正在服侍他们吃晚饭。"

　　"但如果卡佳晚上不工作，因此晚上不睡在公证人的家里，而是睡其他地方呢？"

　　"我们可以让帕米萨诺告诉我们她在哪里睡觉，然后我们去跟她谈谈。"

　　"假设公证人知道那个地址，还要假设卡佳给了他正确的地址。"

　　"我们现在给帕米萨诺打电话吧，跟他谈谈，相机行事。"

　　法齐奥看起来越坚定，蒙塔巴诺就感觉越怀疑。因为他知道，真相是法齐奥无论如何不想大半夜去菲亚卡。

"如果卡佳应电话了呢？"他反驳道。

"我会告诉她我的名字叫菲利波迪，然后我有急事找公证人先生。如果公证人自己应电话就更好了。"

"你会跟公证人说什么？"

"我会告诉他我是谁，然后问他卡佳是在他的房子里睡，还是另有住处。如果在他家睡，那太好了。我会告诉他，我们一个小时后到，让他什么也不要对那个女孩说。如果那个女孩睡在其他地方，我会问他地址。测试通过了吗？"

"好的，试试吧。打直拨电话，开免提。"

法齐奥抬头看着电话簿开始拨号。

"喂？"一个大龄女人接了电话。

法齐奥迷惑地看着警长，警长示意他继续说。

"请问是帕米萨诺家吗？"

"是的，你是谁？"

"我是菲利波迪。公证人在吗？"

"他还没有回来。他出去散步了。如果你愿意的话，我可以带个口信，我是他的妻子。"

"不用了，谢谢，祝你晚上愉快。"

他挂了电话。

"你不能说些废话来探查卡佳在不在吗……"

"不好意思，头儿，我迷糊了。我准备考试的时候可没有想到他妻子在家。"

"你知道吗？给他们打电话这个高招可能已经制造了一个麻烦。"蒙塔巴诺说。

"为什么？"

"我相信卡佳知道所有事情，包括她那一群被文身的女孩其中一个被谋杀的真相。她怕死，正想方设法躲起来。"

"我自己也意识到了。但是你为什么觉得我们制造了麻烦？"

"因为如果卡佳在为他们准备晚餐，当她听到公证人的妻子告诉他，有一个叫菲利波迪的人打电话找他，而且说不认识公证人，女孩可能就会起疑心，然后再次消失。但愿是我想多了。"

"我也这么觉得。我们要做什么？"

"明天早上八点开一辆警车去接我，然后去菲亚卡。"

"那你给我的善行社那些人的名字呢？"

"等回来再办。"

※

在阳台上吃了阿德莉娜准备的胭脂鱼和洋葱之后，他走进屋里，坐到电视机前。自由频道的晚间新闻节目好像跟昨天和前天的一模一样。

实际上，真的仔细想想，电视机真的是多年来一直在呈现着相同的新闻，唯一改变的是名字：事件发生的城镇的名字、涉及的人的名字。但本质总是相同的。

在贾尔迪纳，市长的车被点燃了（前一天早晨是斯皮罗塔的市长）。

在蒙泰雷亚莱，一个镇议会议员因拍卖贿赂、贪污和腐败被捕（前一天是圣马丽亚镇议会议员因同样的指控被逮捕）。

在蒙特鲁萨，有纵火犯在一个卖画框和油漆的店纵火，可能是由于无法支付保护费（前一天晚上纵火犯在托雷塔的一家床具店纵火）。

在费拉，一个早些时候被宣判同黑手党合作的农民的被烧焦的尸体在自己的车里被发现（前一天晚上是库库利亚纳的一个会计师，像这个勾结者一样被烧焦）。

威波拉乡村地区加强了对在逃七年的黑手党成员的追逃（前一天在波左里洛村，对出逃五年的另一个黑手党成员的追逃也加强了）。

在摩卡布马拉，宪兵和犯罪分子交火（前一天晚上在比卡奇诺也有交火，但不是宪兵而是警察）。

忍无可忍，蒙塔巴诺关掉电视，四处晃了一个小时，然后躺到了床上。他开始读一本受到报纸赞誉的书。那份报纸每两天发现一本新的杰作。

　　　人的身体在死后四分钟开始腐烂。曾经的血管现在开始经受最后的蜕变，它开始自我消化，细胞开始从内部分解，细胞组织变成液体，接着变成气体。

他骂了一声，把书拿起来扔到对面墙上。怎么会有人在入睡前读这样一本书？他把灯关了，但躺下的时候又觉得不安。他莫名地感到很不舒服，是阿德莉娜没有铺好床吗？他起床拉紧了床单，折好压在床垫下，然后躺了回去。

还是不行，他仍然觉得不舒服。

也许与床无关，是他自己的问题，与他脑子里想的事情有关。会是什么呢？是那本该死的书的前几行搞得他心绪不宁吗？还是法齐奥给公证人打电话的时候突然涌上脑海的事？可能是他在电视上看到的一则新闻，将一些萦绕许久的想法定住，可想法影子一出现就又立刻忘记了。他花了很长时间才睡着。

※

法齐奥八点开着自己的车准时到了。

"你为什么没有开警车？"

"还是没油啊，头儿。"

"你自己付的油钱？"

"是的，先生。我会交上发票的。"

"他们会马上报销吗？"

"要几个月。有时候他们给报，有时候不给。"

"为什么不？"

"因为有规定。"

"比如说？"

"看心情。"

"这回把发票给我，我亲手把它交上。"

他们默默地坐在那里。都不说话。

到了菲亚卡郊区的时候，蒙塔巴诺说："给坎塔雷拉打电话。"

法齐奥拨了号码，因为正在弯道，所以把手机放到了耳边，突然发现前面有一个宪兵的路障。他骂了一句，同时猛踩刹车。一个宪兵俯下身来靠着车窗，严肃地看了他好久，摇了摇头然后说：

"你不仅超速了，而且在打电话！"

"不是，我……"

"你是要否认你把手机放到耳边了吗？"

"不，但是我……"

"驾照和行驶证。"

这个宪兵只用指尖接住了法齐奥拿给他的证件，就好像他在害怕碰到致命疾病似的。

"瞧这一切……"法齐奥说。

"看这家伙的面相，如果你的证件不合格，他一定会让你气得跳脚的。"蒙塔巴诺回答他。

"我应该告诉他我们是警察吗？"法齐奥问。

"严刑拷打也不能说。"警长回答道。

另外一个宪兵绕着车转了一圈，他也俯下身来靠近车窗。

"你知道你的左尾灯坏了吗？"

"哦，真的吗？我没注意。"法齐奥说。

"你知道吗？"蒙塔巴诺片刻之后问。

"我当然知道。我今天早上注意到的。但是我没有时间去换，对吧？"

第二个宪兵开始同第一个窃窃私语。第一个开始在笔记板写东西了。笔记板一直都夹在他胳膊下面。

"我确定这次要挨罚了。"法齐奥抱怨道。

"你要报销罚款？"

"你在开玩笑吗？"

与此同时，一个司令官从宪兵两辆车中的一辆车里下来，向这边走过来。

"该死！"蒙塔巴诺大喊道。

"怎么了？"

"给我报纸，给我张报纸！"

"我没有报纸！"

"交通图也行，快！"

法齐奥递给他一张地图，蒙塔巴诺完全打开，假装在研究，几乎盖住了他的整张脸，但接着他还是透过窗户听到了一个声音。

"打扰一下，你！"

他假装没听见。

"我在跟你说话！"那个声音在继续。

他没有选择，只能放下了报纸。

"蒙塔巴诺警长！"

"巴尔贝里托司令！"警长回答，努力装出惊喜的样子，还挤出了一点笑容。

"见到你太高兴了！"

"这是我的荣幸，我向你保证。"蒙塔巴诺一边说，一边摇着头从车里出来。在那一刻，他觉得自己可以列入吉尼斯世界纪录中的虚伪之最了。

"要去什么有趣的地方吗？"

"去菲亚卡。"

另外两个宪兵靠得更近了些。

"为了办案？"

"是的。"

"把司机的证件还给他。"

"但是……"其中一个宪兵在知道这两个人是警察之后，还是不想放弃尊严。

"没有但是。"巴尔贝里托司令命令道。

"司令，如果我们有错的话，我们决不……"吉尼斯纪录保持者蒙塔巴诺开始说，带着一种高高在上的神情，对凡尘琐事不屑一顾。

"真会开玩笑！"巴尔贝里托向他伸出手说。

"谢谢。"蒙塔巴诺说，他的愤怒几乎就要喷薄而出了。

他们继续上路。过了好一会儿，法齐奥做出了唯一一句评论：

"他们故意作弄我们。"

马上到菲亚卡的时候，法齐奥的手机响了。"是坎塔雷拉。我怎么做，接吗？"

"接吧，"蒙塔巴诺说，"也让我听到。"

"不会再有路障了，对吧？"

"我认为不会。宪兵的汽油比我们的还少。"

"尽量靠近一点儿。"

警长将头靠到法齐奥的头旁边。但是因为路上坑坑洼洼，他们的脑袋时不时地像两只公羊一样撞到一起。

"你好，坎塔雷拉，怎么了？"

"头儿在你的车里吗？"

"是的。直说吧，他能听到你说话。"

"哦，我被感动了！天呐，我是真的，真的被感动了！"

"好的，坎塔，试着冷静下来好好说。"

"哦头儿！哦头儿！哦头儿！头儿！"

"这是一个破唱片还是什么？"法齐奥问，一边用左手开着车，一边用右手拿住手机在自己和警长的耳朵之间晃来晃去。

"如果他说'哦头儿'三遍，那肯定是非常严重的事情。"蒙塔巴诺说，觉得有点担心。

"你能告诉我们发生了什么吗？"法齐奥说。

"他们找到皮卡雷拉了！今天早上发现的！去过一份更美好的生活！"

"该死！"随着汽车转弯法齐奥大喊一声，引发了两个方向汽车、摩托车和卡车发出的刺耳的轮胎爆炸声和喇叭声，一片混乱。

"真他妈该死！"蒙塔巴诺骂道。

法齐奥放下手机以便更好地控制汽车。

"靠边停车吧。"蒙塔巴诺说。

法齐奥听从了，他们看着彼此。

"该死！"法齐奥说，重申了这个概念。

"所以绑架是真的！"蒙塔巴诺说，困惑极了。"不是自演的！"

"我们搞错了，这个可怜的家伙！"法齐奥说。

"但是他们为什么要杀了他而没有索要赎金呢？"蒙塔巴诺

纳闷。

"谁知道呢？"法齐奥咕哝道，用一种细弱、惊恐的语气又重复了一遍"该死！"

"给奥杰洛拨电话，然后把电话给我。"

法齐奥拿起电话拨了号码。

"您拨打的电话……"

他挂断了电话。

"天呐，"蒙塔巴诺说，"现在如果局长踢我们的屁股，狠狠地训斥我们，他可一点错都没有！"

"我要怎么应对皮卡雷拉夫人呢？这对我们所有人都不好！局长可能会把我们所有人赶到街上卖鹰嘴豆和南瓜子！"法齐奥说，开始冒汗。

警长也觉得自己仿佛在流汗。这件事当然会产生严重、非常严重的后果。

"再给坎塔雷拉打个电话，问问他知不知道奥杰洛在哪儿。我们必须马上想出个办法。"

因为他们没有开着车，蒙塔巴诺听电话更容易些。

"哈喽，坎塔吗？你知道奥杰洛在哪儿吗？"

"在我们听说皮卡雷拉被找到之前，奥杰洛警探就已经在警局了，在这种情况下，他自己去皮卡雷拉的家里了……他去见刚刚成为寡妇的皮卡雷拉夫人了？"

蒙塔巴诺想，"米米真是个勇敢的人！"

"和同一个人去谈。"坎塔雷拉总结道。

蒙塔巴诺和法齐奥看着彼此，无言以对。他们听对了吗？他们真的听到他们听到的内容了吗？如果皮卡雷拉死了，跟米米对话的那个人就不可能是皮卡雷拉。但坎塔雷拉说了是同一个人。问题是，坎塔雷拉说的"同样的"是什么意思？

　　"让他重复一遍。"蒙塔巴诺说，处在精神崩溃的边缘。

　　法齐奥用和一个语无伦次的疯子说话那样谨慎的方式开始说。

　　"听着，坎塔。我要问你一个问题，我想让你回答是或否，好吗？清楚了吗？一个字也不多。是或否，好吗？"

　　"好的。"

　　"奥杰洛警探去跟被绑架的皮卡雷拉先生谈话去了，是吗？"

　　"好的。"坎塔雷拉说。

　　蒙塔巴诺和法齐奥一齐诅咒。

　　"你应该回答是或否，该死！"

　　"是。"

　　"然后你说过皮卡雷拉死了吗？"

　　"我没有。"

　　"什么？蒙塔巴诺警长也听见了，当时你说皮卡雷拉过上了更美好的生活。"

　　"哦，是，我是说了，的确。"

　　"但是你为什么那么说？"

　　"但是这不是真的吗？他被绑架的时候日子很惨，现在他解脱了，所以过上了更美好的生活。"

　　"我发誓，总有一天我要枪毙了这个人。"法齐奥挂了电话说。

"但做这件事的可能是我。"蒙塔巴诺说。

"我们回去吗？"法齐奥问。

"不。米米马上就到皮卡雷拉家了。我们继续赶路。但是在我们看到的第一个酒吧，我们要停下来喝一杯白兰地。我们需要它。这次旅程真是险象环生。"

※

当他们赶到菲亚卡时已经过了十一点了。

他们马上就找到马里奥·阿尔法诺街了，街道很宽，没什么车。房子的前门关着，但名牌下面有一个对讲机。蒙塔巴诺按了门铃。过了片刻，一个女人的声音应答了。

"请问是谁？"

"蒙塔巴诺警长。"

"你想干吗？"

"我想跟公证人谈谈。"

"他很忙。请进入等候室。轮到你的时候会喊你。"

他们走进一个左手边墙上有两个门的接待室，一个写着"等候室"，候车室那种。右边有另外两个门，其中一个写着"办公室"；下面用小字写着"闲人免进"。

在房间的尽头是楼梯，楼上肯定是公证人夫妇住的地方。

法齐奥打开了等候室的门，把头伸了进去，又把它拉回来，把门关上了。里面至少有十个人在等。

"只要有人从办公室里走出来，我们就通知公证人。"蒙塔巴诺说。

十分钟后，警长失去耐心了。

"法齐奥，上楼去找一下他老婆。"

法齐奥向上走了三个台阶，然后开始低声喊。

"夫人！帕米萨诺夫人！"

"你这么叫她是听不到的！"

"帕米萨诺夫人！"法齐奥稍微大点声儿重复了一遍。

没有回应。

"我觉得你应该上楼去，然后告诉他妻子，我们想跟她谈谈。"

"但是如果她一看到我就被吓到了呢？"

"别吓唬她。"

法齐奥小心翼翼地重新开始爬楼梯。帕米萨诺夫人要是看到了，肯定会把他当成窃贼，那就更麻烦了，就像早晨那些麻烦事一样。

13

等的时候他能抽根烟吗？蒙塔巴诺看了看四周，没有禁烟标志。老实说，他也没有看到烟灰缸。

怎么办？他决定点燃一支烟，吸完之后把烟头放在夹克口袋里。他刚吸了一口，法齐奥就出现在楼梯的顶部："头儿，上来吧。"

他熄灭了香烟放到口袋里。走到法齐奥身旁时，他低声说道："她人特别好。"

他们刚迈出两步，法齐奥就停下来深吸一口气，鼻孔张开，然后说："我闻到一股味道。"

"你是打比方吗？"蒙塔巴诺问。

"不，先生，我说真的。"

蒙塔巴诺意识到烟头没有灭干净，把夹克烧了。但是只穿衬衫见女士太不合适，他只好一边骂着，一边去拍打夹克口袋里崭露头角的火苗。

埃内斯塔·帕尔米萨诺，六十岁左右，衣着优雅，发型齐整。她领着他们进了一间装饰考究的客厅。蒙塔巴诺马上就被五六个莫兰迪画的瓶子，还有福斯托·皮兰德娄的双女沐浴图弄得眼花缭乱。

"你喜欢它们吗？"

"美轮美奂，出乎其类。"

"我一会带你们欣赏托西和凯尔的作品。在我丈夫的私人书房里。你们要喝点什么吗？"

法齐奥和蒙塔巴诺看着彼此，然后立马明白了。这是他们见到卡佳的好机会。

"是的。"他们齐声回答。

"咖啡？"

"是的，谢谢。"配合默契的二重唱小队齐声回答道。

"很遗憾，今天我得自己做了，因为佣人……"

"什么？"蒙塔巴诺叫道，猛地跳了起来。

"佣人去做什么了？"法齐奥接上了他的问题，也站了起来。

帕尔米萨诺夫人害怕起来。"哦，天呐！我说了什么？"

"请原谅我，夫人，"警长说，努力恢复冷静。"你的佣人是一个叫卡佳的年轻俄罗斯人吗？"

"是的。"女人回答道，不知所措。

"她去干什么了？"二重唱小队问道。

"她今天没有过来。"

蒙塔巴诺和法齐奥坐到了扶手椅上，没有坐回原位。他们费了这么多麻烦，结果一点用也没有。帕尔米萨诺夫人坐回原位，彻底忘了咖啡的事儿。

"她给您打电话说来不了，是吗？"警长问。

"没有。但是这种事儿之前从未发生过。她一天都没旷工。

她一直非常认真负责，准时，很有条理……如果她们都像她就好了！"

"她在您这儿多长时间了？"

"三个月了。"

所以，她在维加塔为格瑞斯法工作之后就搬到菲亚卡来了。

"她应该什么时间上班？"

"八点。"

"她住在哪儿？"

"她从贝里尼，一个寡妇，那儿租了一个小房间，在阿蒂利乌斯·雷古鲁斯路 30 号。"

"她是如何开始为您工作的？"

"她是街边教堂里的教区牧师安东尼奥推荐给我们的。但是你能告诉我，你为什么问那么多关于卡佳的问题吗？她做错什么了吗？"

"那我们倒是不知道，"警长说。"我们找她是因为她可能给我们提供一些我们正在调查的一个案子的重要线索，涉及一名俄罗斯女孩被杀。您听说了吗？"

"没有。我一听到电视上播凶杀案就换台。"

"您完全正确。卡佳是什么样的人？"

"她是个非常安静的女孩，正常女孩子。说实在的，我不能准确地说她是快乐或悲伤。她时不时看起来心不在焉的……心烦意乱的……好像总是有一些不愉快的念头。"

"夫人，我想让您在回答前仔细思考。在过去几天里，你注意到卡佳身上有任何变化吗？我的意思是说，从周一晚上到现在，包括昨天晚上。"

"是的。"帕尔米萨诺夫人不假思索地说道。

"您注意到了什么？"

"周二早上她进来的时候脸色苍白，手还在抖。我问她怎么了，她回答说接到了家里的电话……"

"晓尔科沃？"

"是的。"

"然后她得到了一些坏消息。"

"她说是什么消息了吗？"

"没有。因为知道她不想再说了，我也没有坚持问。"

"您还注意到其他的了吗？"

"当然！昨天上午，她从邮局回来的时候看起来很沮丧，我丈夫让她到那里去寄挂号信。我问她为什么，她就说不太舒服，有点头晕。我当时觉得是那个坏消息的原因。所以她今天早晨没来，我也没有太吃惊。我本来打算如果电话打不通，就今天下午过去看看她。"

毫无疑问，与格瑞斯法的说法相反，卡佳肯定看到并认出了他。而且她担心，他回去可能会找她麻烦。

帕尔米萨诺夫人是一位真正的大家闺秀。跟她没什么好说的了，但警长站起来的时候却问道："可以让我看看其他画作吗？"

"当然。"

在公证人的私人书房里一本法律书籍都没有，书架上都是高雅小说。

托西的风景画特别好，但站到凯尔的海景画面前的时候，蒙塔巴诺几乎被感动得哭了。

离开帕尔米萨诺家的时候，他注意到，没有完全熄灭的烟头把他的夹克口袋烧了一个洞。他仍然沉浸在凯尔绘画的美好当中，连骂人都顾不上了。

※

这都 2006 年了，怎么还会有市长用阿蒂利乌斯·雷古鲁斯命名街道呢？一个地名学之谜。在阿蒂利乌斯·雷古鲁斯路 3 号，他们发现了一个没有电梯的六层破旧建筑，寡妇贝里尼住在六楼——理所当然。他们上楼梯很慢，到她门口时还是累得上气不接下气。

"谁啊？"一个老妇人的声音。

"是贝里尼夫人吗？"

"是的。你们有什么事？"

蒙塔巴诺有了一个妙计：如果他说自己是警长，那就算开枪她都不会来开门的。然而，老人对骗子总是毫不设防。

"您退休了吗，夫人？"

"是的，饿不死。"

"我们有一个有趣的建议要跟您说。"

法齐奥警惕地看了他一眼。

门开到了最大限度。蒙塔巴诺和法齐奥尽可能地装出天使般的样子，贝里尼夫人上下打量着他们。她决定取下门链。

"进来吧。"

公寓很干净，旧家具在小客厅里闪闪发亮。三个人很有礼貌地坐了下来。蒙塔巴诺后悔没有拿着公文包，好从里面抽出几张公文纸。

"记笔记。"蒙塔巴诺命令法齐奥。

他的助手从口袋里拿出一个记事本和一支笔。

"你问问题。"警长继续道。

法齐奥的眼睛里闪烁着满足感。只要是人口统计数据，他就像犯了毒瘾一样。

"姓名。"

"罗莎丽亚·曼焦内。"

"出生年月日及地点。"

"1930 年 9 月 8 日，蓝佩杜萨岛。但是……"

"怎么了，夫人？"蒙塔巴诺说。

"可以告诉我，是谁告诉了你们我的名字吗？"

蒙塔巴诺在脸上漾出一个灿烂的微笑，露出了所有的牙齿，像只大坏猫一样。

"卡佳讲的。"

"哦。"

"她在这儿吗？我们想跟她打个招呼。"

"卡佳不在这儿。昨天晚上她回来后就收拾好行李，付了房租，然后离开了。"

蒙塔巴诺和法齐奥同时站了起来。

"她告诉你她去哪儿了吗？"警长问。

"没有。"

"周一早上卡佳接到俄罗斯打来的电话了吗？"

"不可能。"

"为什么这么说？卡佳没有手机？"

"当然有，但她不是满世界打电话的那种人。"

"您有电视吗？"

"有……但是……"

"但是什么？"

"我已经五年没交钱了。"

"没事。您听说在非法垃圾场发现被害女孩的事儿了吗？"

"有蝴蝶的那个？听说了。"

"卡佳知道吗？"

"电视上播的时候，我们俩一块儿看的。"

"我们走吧。"蒙塔巴诺说。

老夫人跟在他们后面。"那个建议是什么？"

"我们今天下午会回来的，到时候告诉您。"法齐奥说。

※

蒙塔巴诺马上就意识到，安东尼奥不是好好先生。

五十岁上下，身材敦实，沉默寡言，双拳看起来浑似铁锤。在圣器安置所的一个角落，警长发现了一双挂在墙上的拳击手套。

"你是个拳击手？"

"偶尔打打。"

"不好意思，神父，是您介绍卡佳到帕尔米萨诺家的吗？"

"是的。"

"然后是谁介绍她给您的呢？"

"我不记得了。"

"让我试着帮你想想，也许是善行社的皮西基奥主教？"

"我和皮西基奥主教，或者和他的什么协会没有交集。"

他的声音里难道没有鄙视吗？法齐奥肯定听到了，因为他朝着警长瞥了一眼。

"你一点都不记得了？"

"是的。"

"没有办法，努努力呗……"

"没有。你们为什么在找她？她做错什么了吗？"

"没有。"法齐奥说。

"我们只是想问一些她可能知道的问题。"蒙塔巴诺澄清道。

"我知道了。"

但神父并没有问这些可能是什么。他要么毫无好奇心，要么完全知道"这些"是什么。但神父不就是个包打听的行当吗？

"你们为什么到这里来找她？"

"因为她没有回帕尔米萨诺家，而且突然离开了自己的住处。所以我们想卡佳可能回来您这，您以前帮过她嘛。"

"你们弄错了。"

"神父，我有理由相信这个女孩可能处在极度危险当中，甚至可能有生命危险。因此，不管您有任何信息……"

"如果我告诉你们我已经十天左右没有见到卡佳了，你们会信吗？"

"不会。"蒙塔巴诺说。

神父意味深长地看着那副拳击手套。

"如果您想交付上帝审判，打出个胜负，我随时恭候。"警长说，希望安东尼奥先生别当真。

事实上，神父头一次大笑起来。

"然后你们就要以拒捕和袭警罪控告我？听着，警长，我喜欢你。卡佳是个好女孩，厄运居多，也有一点好运。在决定摆脱善行社那伙人之后，她遇到了合适的、能帮到她的人。给我留下电话号码吧，如果我有卡佳的任何消息，我会告诉你们的。"

蒙塔巴诺写下了一些数字，包括他家里的电话，然后问："您知道为什么卡佳不想与皮西基奥主教的善行社有任何瓜葛吗？"

"是的。"

"能告诉我吗？"

"不能。"

"为什么不能？"

"因为那是她忏悔的时候告诉我的。"

※

他们离开了菲亚卡。

"你觉得我们能从神父那儿得到回复吗？"

"我觉得能。在他与卡佳商量之后。因为是安东尼奥先生为卡佳找到了一个安全的藏身处，我用全部家当来打赌。或许就藏在他自己家。"

"所以你会说，从各方面看，我们这一趟并不完全是徒劳，是吗？"

"是的。实际上，我觉得我们已经同卡佳建立起了间接联系。"

"你知道这会儿几点了吗？我们直到三点半左右才能回到维加塔。"法齐奥说。

到那个时候，恩佐餐厅肯定已经没吃的了。

"如果宪兵再把我们拦住，我们就到五点才能回去了。我饿了。"

"我也是。"法齐奥赞同道。

蒙塔巴诺在十字路口看到一个标志。

"在这里向左转。我们去卡尔塔贝洛塔。"

"去干吗？"

"那里过去有一家很好吃的餐馆。"

法齐奥听指示转到了那条路上。

一段历史课回到了蒙塔巴诺脑子里，他闭着眼大声背了起来：

"《卡尔塔贝洛塔和约》签订于 1302 年 8 月 31 日，结束了晚祷战争。亚拉贡国王腓特烈三世被认可为西西里国王，并承诺与安茹的罗伯特之妹埃莉诺成婚。"

他停了下来。

"然后呢？"法齐奥问。"事情怎么结束的？"

"什么怎么结束的？"

"腓特烈三世遵守他的承诺了吗？他跟埃莉诺结婚了吗？"

"我不记得了。"

※

将花椰菜浸于盐水，趁尚紧实取出，切大块。平底锅加橄榄油煸炒细切洋葱，加花椰菜混炒入味。另取一平底锅煎生香肠，待金黄取出，切段，厚度不超过一英寸，剥掉肠衣。花椰菜、香肠段及食用油加入锅中，另放入薄土豆片、切片黑橄榄、盐、调料，搅拌均匀。将发酵面团揉成扁平圆形，高模具塑形饼胚，装入烤盘；模具内填塞馅料，圆面片封顶，边缘捏好封口。外部涂抹猪油后，将烤盘置于高温烤箱内，烤至金黄取出（约需半个小时）。

警长和法齐奥舔着手指吃完洋葱花菜馅饼（mpanta di maiali）后，向厨师请教了做法。第一道菜他们决定清淡一点，于是点了"西西里舞曲沙拉"：米饭加入葡萄酒、醋、咸凤尾鱼、橄榄油、西红柿、柠檬汁、盐、辣椒、马郁兰、罗勒和干黑橄榄等调味。

这些都是下酒菜，他们也点了酒品。

回到室外后，蒙塔巴诺有点后悔：今天没法像往常那样去码头尽头的灯塔走走了。

"听着，法齐奥，让我们稍微走走吧。我们可以走到城堡那里，然后回来开车。"

"好主意，头儿。散散酒味。如果宪兵现在阻止我们，肯定会说我们酒驾，关进拘留所。"

散步帮了一点小忙。他们回去上车的时候，法齐奥看到有个人正在收起一家文具店的卷帘门。

"可以等我一分钟吗，头儿？"

"你要干什么？"

"今天晚上我要跟老婆去朋友家，他儿子四岁生日。我想要给他买一套彩色粉笔当礼物。"

他回来的时候带着一个小盒子，放到仪表盘上，然后他们出发了。

到第一个弯道的时候，盒子从仪表盘上滑落掉到了蒙塔巴诺脚边。把它捡起来的时候，他在想，他小时候那会儿的粉笔都是白色的，如果那时就有彩色粉笔了，会怎么样呢？正要把盒子放回原位时，他的眼睛看到了盒子一侧印刷精美的文字：阿雷纳彩印，蒙特鲁萨。

他不知道蒙特鲁萨也有一家彩印厂，还兼零售。体内的酒精让他无法清晰思考。他的思想都混杂在一起，几乎无法解开。

他想到什么了？哦，是的：小店里卖的彩色粉笔。所以呢？一些发现！祝贺你，警长！等等！昨晚他在电视里听到什么来着？加油，蒙塔巴诺，仔细想想，可能非常重要！寻找逃犯，逮捕了一名镇议会议员……啊！蒙特鲁萨一家卖窗框和油漆的商店发生了火灾，有可能是纵火。这就是让他无法入睡的新闻！在哪里可以找到大量的红紫素？要么是制造的地方，要么是出售的地方，而不是使用它的地方，因为使用它的人只需要一点点。他都搞错了。

"混蛋！"他说，在前额上拍了自己一个大巴掌。

车突然转弯了。

"我们要重演今天上午的情景吗？"法齐奥问。

"不好意思。"

"你在对谁不满？"

"首先是我自己。其次，是你和奥杰洛。"

"为什么？"

"因为我们永远不能在家具工厂或修复车间找到大量的红紫素，只有在生产或销售红紫素的地方才行。昨晚在新闻中我听说油漆店着火了。我想现在就到那儿看看。给蒙特鲁萨我们一个警员打电话，问问那个业主的电话和地址。"

14

卡洛·迪纳尔多并不是对工作讳莫如深的人。他热情邀请蒙塔巴诺到他蒙特鲁萨的办公室。毕竟他们是同路人，而且关系不赖。

"什么风把你吹来了？"

蒙塔巴诺解释了来意。

"在这里，在蒙特鲁萨，你只需要看三个地方：供应半个西西里岛的阿雷纳染色工厂、迪斯博纳姐妹的店以及科斯坦蒂诺·莫拉比托的店——好吧，看烧完以后还剩多少吧。现在我明白你相信女孩被枪杀的时候倒下了，接着全身都是红紫素。对吗？"

"对。"

"接着我会排除迪斯博纳姐妹，她们不会朝活物开枪的，哪怕是一只蚂蚁。店里就她俩，差不多都七十岁了。有个侄女帮助看店，也五十上下了。她们不会杀人，我向你保证。可那家染色工厂很大，也许你应该到那儿去看看。"

"你不能讲讲莫拉比托的事吗？"

"我把那个留到最后说。首先，很明显是纵火，毫无疑问。只是手法不太一样。"

"也就是说？"

"你知道不交保护费的店铺通常是怎么被烧的吗？纵火犯极少进入店铺，他们通常会向开着的窗户里扔汽油桶，或把汽油泼在前卷帘门上或者门底下。这一次，纵火犯进了室内，百分之九十都被点着了。"

"所以这火是从内部开始烧的吗？"

"就是这样。没有任何一扇金属卷帘门、门或窗户是被强行撬开的。提醒你一下，这也是消防队的拉古萨诺工程师的意见。"

"因此，所有因素考虑在内，你是在暗示这是莫拉比托自己干的吗？"

"我的蒙塔巴诺，你真是人老成精！保险公司的洛卡希欧认为是莫拉比托干的。"

"为了保险金？"

"他是这么想的。"

"你不这么想？"

"莫拉比托的财务状况很稳定，如果他烧自己的店铺肯定另有原因。我本来明天就想去查查，正好你来了。你准备怎么干？"

"我想去看看莫拉比托的店。"

"没问题。我跟你一起去。你也去，对吗，法齐奥？"

※

这家卖油漆的店，严格来说不光卖油漆。店的名字叫"想象空间"，起得可真没什么想象力。它曾经是一家超市，从浴室瓷砖、地毯到烟灰缸和灯具等等，一应俱全。店里的一大片油漆区已经烧毁了，只剩很小一部分。不管是想把卧室墙面涂成黄底绿格，或者把餐厅涂上大红色，这里都能满足需求，就像作画的人可以从成千上万管油画、蛋彩画和丙烯画颜料中选择一样。

店铺的这个区域有一个楼梯，通向店主科斯坦蒂诺·莫拉比托的住处。当然也可以从面朝大街的前门进；店内的楼梯只是为了方便莫拉比托从里面打开和关闭店铺。

迪纳尔多回答了警长的所有问题。

"我想和莫拉比托谈谈。" 回蒙特鲁萨中心警局的路上，蒙塔巴诺说。

"没问题，"迪纳尔多说，"自从他的住处变得不安全之后，他就搬去跟妹妹住了。消防员要做安全检查。"

"说起纵火犯，这片街区谁管？谁收保护费？"

"是斯泰利诺兄弟。据我所知，他们非常恼火，尽管他们跟这次大火没关系，但人们还是归咎于他们。"

"这可能恰恰是让莫拉比托紧张的缘由。我可以在哪里和他谈谈？"

"在我办公室里。我要做一些别的事。我会派圣菲利波警探去听你差遣，情况他都了解。"

※

"如果莫拉比托手头不紧的话，为什么要放火烧自己的店呢？"只剩下他们两个的时候，法齐奥问，"警长，迪纳尔多告诉我们他还没有结婚，不赌博，没有女朋友。他不是挥金如土的人，恰恰相反，是个守财奴，而且他没有任何债务……为什么要排除因保护费而纵火的可能性呢？"

"我曾经看过一部美国电影，一部喜剧。"蒙塔巴诺心神不安地说，"一个人趁妻子回娘家过夜带妓女跟他回家。妓女正准备离开的时候，她突然找不到内裤了。客户的妻子三个小时以后就要回来了。他们找啊找，但无济于事。妓女离开了，那人意识到，妻子迟早会找到那条该死的内裤，于是竟然愚蠢到点火烧了房子。这在你看来不像一个很好的理由吗？"

"但是莫拉比托还没有结婚！"法齐奥说。

"当然，两件事不一样。但是我在想，如果放火是为了隐藏其他不愿被发现的东西呢？"

"比如说？"

"比如一枚弹壳。"

"那我们做什么？"

"让圣菲利波把莫拉比托带来。现在我警告你，多拉着点我，我可能真的会做过头。"

※

科斯坦蒂诺·莫拉比托是五十岁左右的男人，衣冠不整，剃须马虎，头发凌乱，眼睛下面有黑眼袋。他非常紧张，时不时地就来回挪动。他坐在椅子的边缘，从口袋里拿出一张手帕攥在手里。

"这是个沉重的打击，哈？"蒙塔巴诺在自我介绍后问道。

"一切都毁了！一切！煤烟把所有东西，甚至是其他区域的东西都熏黑了，全毁了！损失无法估量！我完蛋了！"

"但还是不幸中的万幸。"

"你什么意思，万幸？"

"万幸你还活着。"

"哦，是的！在圣杰兰多的帮助下！这是一个真正的奇迹，警长先生！火焰几乎把楼上都吞没了，快把我烤熟了！"

"是谁最先意识到着火的？"

"是我。我闻到强烈的烧焦味，然后……"

"我也闻到了。"蒙塔巴诺打断了他。

"现在？"莫拉比托疑惑地问。

"现在。"

"哪儿？"

"你身上。多么奇怪啊！"

他站起来，绕过桌子，走到莫拉比托面前，弯下身，把鼻子伸到距莫拉比托几英寸以外，然后开始从上到下闻。

"过来，你也闻闻。"

法齐奥站了起来，走到了莫拉比托的另一侧，开始跟警长做同样的事。莫拉比托惊慌失措，僵住了。

"你也能闻到一点，对吗？"

"是的。"法齐奥说。

"我洗了！"莫拉比托反驳道。

"需要一段时间才能消失，你知道的。"

他们回到了原来坐的位子。

"那你可以继续了，莫拉比托先生。"

"我闻到了什么东西烧焦的味道，所以我打开楼梯门，烟大量涌进来，我开始窒息。因此我打电话给了消防员，他们很快就来了。你们知道油漆多么容易着火吗？"

"你那时在做什么？"

"我正要上床睡觉。那会儿已经过午夜了，我在看电视。"

"你在看什么节目？"

"我不记得了。"

"你不记得哪个频道？"

"不记得。但是……"

"继续说，继续说。"

"不好意思，警长，我已经把整个故事告诉当地警察、消防队长、保险公司……这跟你们有什么关系吗？"

"我和同事法齐奥是局长任命的一个特殊行动队的成员。任务非常特殊，我们专门处理因为没交保护费而惨遭纵火的案件。"

接着警长站起来，开始大喊："我们不能继续这么下去！像你们这样诚实的商人再也不能被黑手党逼到卡夫丁峡谷了！我们已经等了四十年，够了！"

法齐奥钦佩地看着他。

科斯坦蒂诺·莫拉比托首先被嗅气味所震惊，接着又被这呐喊吓到了，像喝无滋无味的水一样吞下了这个谎言，变得更加紧张。

"我……我会排除那种可能。"

"你会排除哪种可能？"

"不能支付……"

"你定期支付保护费？"

"不是……这跟支付不支付没关系。我确定火灾的原因不是你们想的那样。"

"不是？那你觉得起因是什么？"

"我认为那不是纵火。"

"所以那是什么？"

"也许是一次短路。"

"在叫你来之前，我去同消防队的拉古萨诺工程师聊了很长时间。他排除了短路的可能。"

"为什么？"

"因为起火点已查明，跟电没关系。"

"那肯定是自燃了。"

"但拉古萨诺也排除了这种可能，当时的温度不会导致自燃。另外，他还有一些问题。"

"他没问过我。"

"他还没问过，但是会问的。"

此处应有奸笑。警长做得漂亮极了。法齐奥投来仰慕的眼神，而莫拉比托眼睛里充满了惊慌。

"哦，他会的！"他继续道，接着发出冷酷的咯咯笑。"想听一个吗？"

"好的。" 莫拉比托擦着额头上闪闪发亮的汗说。

"火灾发生在一个特定的点：内部楼梯的下面。那里本来没有任何易燃的材料，但是消防队员确实在那里发现了一些。拉古萨诺告诉我，事实上这些材料是故意堆在那里的，就像柴火堆一样。是谁把它们放到那里的呢？"

"我怎么会知道？"莫拉比托答道。"我打烊时楼梯下面什么也没有。"

"想试着猜一下吗？"

"你想让我说什么？它们可能是想纵火的人放到那儿的。"

"对。但这引发了另一个问题：纵火犯是怎么进来的？"

"我怎么会知道？"

"店铺的两扇轧制金属百叶门都没有被强行破坏。窗户都是关上的。他怎么进来的？"

莫拉比托擦额头的手帕已经湿了。他说，"他可能用了什么定时设备，在关门前他放在楼梯下面了。"

"你从外面关的店吗？"

"不是。我为什么要这么做？我照平时方式关的。"

"哪种方式？"

"从里面关。"

"那你是怎么回到你的住处的呢？"

"还能怎么样？我从里面的楼梯回去。"

"在黑暗中？"

莫拉比托的汗现在让他的夹克衫都湿透了。他腋窝下有两个深色的汗渍。"什么意思？在黑暗中？我开了灯。"

"别胡扯了！如果你打开了灯，怎么会没有看见定时设备。你没有看到吗？"

"我当然没有看到！"

"所以我应该做个笔录，你承认……"

莫拉比托在椅子上晃得厉害极了，都快要倒下了。

"我……我承认什么了？我什么也没承认！"

"不好意思。我们捋一捋。起初，你坚持那场火灾可能是起于短路或自燃。对吧？"

"是的。"

"但如果你现在提出定时装置，这毕竟意味着你承认纵火是可能的。说得通，对吧？"

莫拉比托没有回答。轻微的震颤开始贯穿他的身体。

"听着，莫拉比托，我真想夸夸你，但我知道你这事不好办。我们还是放下定时装置这个事儿吧？不管怎么样，也没有这方面的迹象。"

莫拉比托点点头，意思是说好。很明显，他一个字都说不出来了。

"很好，不说定时装置了。拉古萨诺说，之所以要堆那个小柴堆，是为了淋上汽油，然后扔一根火柴……你必须承认，这很奇怪！"蒙塔巴诺继续道。

"什么很奇怪？"

"纵火狂烧不到他自己！哈哈！这干得漂亮！啊，太漂亮了！你知道，就像卢米埃兄弟那部《水浇园丁》，或者医生自食其药！"

他笑了，脚跺在地板上，手大力拍打着桌面。莫拉比托害怕地盯着他看。也许他开始怀疑，自己是不是在跟一个失去理智的、语无伦次的疯子打交道了。这人到底是在说什么？

"除非……"

表情骤然一变。额头上出现了皱纹，眼神忧虑，嘴微微扭曲。

"除非？"莫拉比托几乎上气不接下气地问道。

"除非纵火犯不是在楼梯上点火。他堆好后走上楼，然后把点燃的火柴扔了下去，这样火烧不到他。但是在那种情况下……"

悬念。暂停。眼睛斜视，表示想到了什么。

"在哪种情况下？"莫拉比托轻轻问。

"在那种情况下，为了逃避烧伤，纵火犯除了进入你的住所没有其他选择。你看到他了吗？"

"谁？"莫拉比托困惑不解地问。

"纵火犯。"

"鬼知道？！"

"你确定？"

"如果我说……"

蒙塔巴诺抬起手说："停！"他盯着房间的左上角，低声自语："对……对……对……"回过头来看着莫拉比托说："你知道我现在的想法吗？"

"什么想法？"

"你认识那个纵火犯，也认出了他，但你没有告诉我们。"

"为什么不……"

"因为你害怕。你害怕，是因为纵火犯是斯泰利诺两兄弟之一，是控制你们街区的黑手党成员。"

莫拉比托直直地站立起来，摇摇晃晃，然后又不得不坐了回去。

"看在上帝的份上！行行好吧！斯泰利诺两兄弟与这件事毫

无关系！我发誓！"

"这是你说的。既然你说了这个……你知道吗？我又有了另一个想法。"

莫拉比托举起双手，投降了。

"你有仇人吗？"

"仇人？我？没。"

"然而人们会认为有人想……那话怎么说来着？我想不起来了……法齐奥帮帮我。"

"陷害？"法齐奥说道。

"是的，就是那个词！我们不妨说，他们想陷害你！你不这么觉得吗，莫拉比托先生？"

"我……我……不太理解……"

"但一切都那么简单！一些想伤害你的人火烧了你的店铺，这样一来责任就可以落到斯泰利诺兄弟身上了。"

"有可能。"莫拉比托说，想跟上蒙塔巴诺的话语。

"这么想吗？我很高兴你能同意，你知道嘛！真的很高兴！因为你要知道，还有另外一个人认为这是一场纵火：保险评估员洛卡希欧先生。"

"好的，我并不吃惊！那些人总是在找不付钱的借口！"莫拉比托说，有点恢复过来了。

"然而，洛卡希欧认为这跟保护费无关。"

"无关？那他怎么想的？"

"你想让我告诉你？你真想让我告诉你？他认为是你自己点

的火，这样你就能收到保险金了。"

"这该死的狗娘养的！我为什么需要保险金？我的生意做得很好！你怎么不去问问银行！"

"但我的同事，讯问你的迪纳尔多警长有不同的想法。"

"跟谁不同？"

"自然是跟洛卡希欧不同。他坚信，这是因为你未能支付保护费，所以他们请我们来帮忙。他想把这场火灾归咎于掌控着你的店铺所在地区的斯泰利诺兄弟。莫拉比托先生，勇敢起来。从你这儿得到证词，我们就可以让斯泰利诺兄弟进局子。"

"我们又回到斯泰利诺家族了吗？但是他们跟这件事没有任何关系！"

"你确定？"

"绝对确定。不管怎样，即使他们做了，只要我招了供，那我也没命了！"

"如果他们与火灾无关，那就更是这样了。正如你一再声明的那样。"

"听着，警长，你一直说啊说，我什么都听不懂了！"

"你是累了吗？我们休息一下？"

"是的。"

"你会举报我吗？"

"我，举报你？我为什么要那么做？"

"我是说如果我抽根烟，在这儿是不允许的。"

莫拉比托耸了耸肩。

15

　　警长抓紧时间抽了一根烟，由于没有看到烟灰缸，他把烟在脚后跟上按灭，然后把烟头放进夹克口袋。毕竟已经有一个洞了，多一个也没差。

　　他抽烟的过程中，自始至终没人说一句话。莫拉比托胳膊肘支在膝盖上，头放在手上坐在那里。法齐奥假装在写审讯记录，烟头熄灭后，蒙塔巴诺才注意到。

　　"你到底在做什么？"

　　"我正在写审讯记录。"

　　"什么审讯？我们是朋友间聊天，随便聊聊，否则莫拉比托先生就有权利要求律师在场了，我们也不得不给他请一个。说到这里，你想要一个吗？"

　　"一个什么？"

　　"一个律师。"

　　"我为什么想要一个律师？"

　　"天知道。但是如果你那么肯定你不需要，那就更好了。不过，你要记住，我可是跟你说了这事了。现在感觉好一点了吗？"

　　莫拉比托又耸了耸肩，没有看他。

"那么我们重新开始吧。我相信我们可以画上句号了。也就是说，至少这一次，我们必须把斯泰利诺家族排除在外，你赞同吗？"

"我赞同，我赞同。"

"所以你总是按时交保护费对吗？"

莫拉比托没有回答。

"听着，如果你承认交了保护费，整件事情就只有我们三个知道，永远不会离开这间屋子。但如果你否认，晚些时候我发现你付了保护费，我可能会很生气。对你来说可能会更加糟糕，因为我生气的时候……好吧，法齐奥，告诉他。"

"你会生不如死。"法齐奥冷冷地说。

"明白了吗？所以仔细考虑一下吧。让我再问你一遍。你定期支付保护费吗？"

"是……是的。"

"从这个角度看，你没什么好担心的。"

"是的。"

"但是……"

"但是？"

"但是如果我去告诉斯泰利诺兄弟，你控告了他们，情况就不会是这样了。你不认为他们会很生气，然后马上过来跟你要个说法吗？"

科斯坦蒂诺·莫拉比托立马从他椅子上跳了起来，几乎倒在地板上。

"但……但是你为……为什么要做那么愚蠢的事呢？咱们不是都达成一致了吗，这里面没有斯泰利诺兄弟的事！"

"那你告诉我，有谁的事！"警长突然大喊，把手拍在桌子上，几乎把法齐奥吓得跳起来。

"我不知道！我不知道！"莫拉比托喊。他开始痛哭流涕。突然之间，像一个害怕的小孩子。

蒙塔巴诺注意到桌上有一包纸巾，拉出来一张递给了他。莫拉比托自己的手帕这会儿都可以拖地板了。

"莫拉比托先生，为什么你会这样？我感到很惊讶！你看起来像一个明智的人。是我的错吗？我说错什么了吗？法齐奥，帮帮我。我说什么了？"

"他可能因为你提高了声调而感到了不安。"法齐奥一本正经地说。

"哦，我没有意识到，我非常抱歉。有时候确实会这样，我忍不住。"

莫拉比托还在哭泣。蒙塔巴诺站了起来，向他喊道：

"7乘以8等于多少？6乘7呢？8乘6？马上回答我，看在上帝的份上！"

莫拉比托仍旧在掉眼泪，但听到这几个问题感到很惊讶。他转过身，傻傻地看着警长。

"你看到了吗？他冷静下来了！我总是说：在危急时刻，你要做的就是背诵乘法表，一切危险都会烟消云散！"

他坐了回去，脸上挂着满意的表情。"我能帮你什么吗？"

"一点……一点点水。"

"给他倒点水。"警长对法齐奥说。接着，转过头来对莫拉比托说："我们马上回来。"

他们到了走廊。

"再压一下他就服了。"蒙塔巴诺说。

"是他放火烧了店吗？"

"我不再有任何怀疑了。他还害怕斯泰利诺兄弟会被牵涉进来。我几乎为他感到遗憾了，他就像一只老鼠，被两只饥饿的猫追赶：黑手党和法律。"

"但为什么他会那样做？"

"记得我跟你说过的电影吗？隐藏某些干系重大的东西。"

"比如？"

"假如是他开枪杀了那个女孩呢？"

"这也是可能的。但是早些时候你提到了弹壳。或许莫拉比托碰巧用的是左轮手枪呢？"

"我马上去问他，你去把水给他；我们不留给他任何考虑的时间。别忘了随时准备介入，因为我要亮出绝招了。"

莫拉比托把水一饮而尽。他的嗓子肯定是很干了，比他的商店还干。

"告诉我一些事吧。你有枪吗？"警长重新开始道。

莫拉比托没想到会突然改变话题，因而愣了一下。显而易见，他在尽力给出一个回答。蒙塔巴诺意识到他走对路了。

"有。"

"步枪？卡宾枪？自动手枪？还是左轮手枪？"

"左轮手枪。"

"注册了？"

"是的。"

"多大口径的？"

"我不知道。挺大的。"

"你把它放在哪儿？"

"家里。床头柜抽屉里。"

"我们说完之后要去你家。"

"为什么？"

"我想看一下你的左轮手枪。"

"为什么？"

"不准再一个劲儿问为什么了。"

莫拉比托的汗水湿透了胸前的衬衫。

"你觉得热吗？再要一张面巾纸吗？"

"是的。"

"你最近用左轮手枪了吗？"法齐奥问，他突然抓到了警长的意图。

"没有。为什么我要用？"

"我们怎么会知道？你应该告诉我们。无论如何，我们马上就能知道最近你有没有用它了。"

莫拉比托手里的纸巾被扯坏了。

"怎么……怎么知道？"

"有很多种办法。听着，有人抢劫过你的店吗？"

"是的，有。时不时会有人进入商店……"

"那是入店行窃，不是抢劫。"

"我不……"

"我是说到你店里抢劫。"

"没……没有。"

"从来没有？"刚才没开口的蒙塔巴诺打断道。

"从来没有。"

"你家里放很多钱吗？"

"我放当天的收入，第二天存到银行。"

"为什么不存入银行的夜间保险箱？"

"因为某天晚上，两个店主在去存钱的路上被袭击了。"

"所以你到周一早上才去存你周五和周六的收入吗？"

"对……对。"

"因此，我们可以认为，周六晚上你的住所总是有一大笔钱咯？"

"对。"

"你通常把钱放在哪里？你有保险柜吗？"

"没有，我放在书桌抽屉里。"

"你一个人住吗？"

"是的。"

"谁为你做家务？"

"嗯……你也看到了……有清洁公司来我们店里买东西，所以我们就签了个协议……"

用力说太多话把他累坏了。他开始气喘吁吁，上气不接下气。

"莫拉比托先生，我知道你累了，所以我想把事情整理一下。你回答'是'或'不是'就可以了。所以你排除了人为纵火吗？"

"是……"

"你排除了斯泰利诺兄弟参与的可能性吗？"

"是的。"

"在你看来，火灾是意外？"

"是……"

"很好。就剩一件事了。"

"什么？"

"明天上午九点在这里提审你。"

"又一次？为什么？"

"证人之间的对质。"

"什么……什么证人？"

"斯泰利诺兄弟。我今天晚上就要逮捕他们。"

大滴眼泪又开始从莫拉比托脸上滑下来。他的下巴开始颤抖。他身体的颤动变得清晰可见，看上去就像触电了一样。

"莫拉比托先生，我知道这场火灾让你很难过。我不想把你累垮了，真的。我想今天晚上搞定。现在，我们去你家看看那把左轮手枪吧。"

"但是……我们不能！"

"为什么不能？"

"消防队在……"

"不用担心，我们会征得他们的同意。你是开你的车来的吗？"

"不是。"

"你有车吗？"

"是……是的。"

"你把它放在哪儿了？"

"在店……铺……相邻……的车库里。"

"车的后备箱大吗？"

"挺大的。"

"你不能说确切点吗？让我给你举个例子。装得下一具尸体吗？"

"但是……什么……"

"别沮丧，没必要这样。随后我们就去看看你的车，尤其是车尾后备箱。法齐奥，我们离开之前你还有什么问题吗？"

警长祈求上帝法齐奥能做出正确的举动。

法齐奥意识到警长把球踢给了他，马上就抬脚射门。

"请你原谅，你们卖红紫素吗？"

他得分了。莫拉比托站了起来，身体向一边扭了一下，像个空袋子似的倒在地板上。法齐奥扶起他，把他扶回椅子上坐下，但是很快他又滑了下去，像一个布娃娃。

"就让他在那儿吧。给圣菲利波打电话，告诉他，让迪纳尔多马上到这儿来。"蒙塔巴诺说。"肯定是这个白痴杀了那个女孩。太糟糕了！"

"为什么太糟糕了？"

"因为现在迪纳尔多在负责审查，迪纳尔多将会把案子归到谋杀案组。管辖范围还是要遵守的。"

"所以从现在起，这案子跟我们不相干了吗？"

"彻底不相干了。事实上，你知道我想说什么吗？我要叫一辆出租车，直接回马里内拉的家。明天早上我们见面时，你再告诉我故事的后半部分。"

※

但他已经知道故事的其他部分了，用不着等到第二天早晨。他回家路上已经在脑子里构想出来了。

某个周六的晚上，莫拉比托被噪音吵醒。他竖起耳朵，以为有小偷进来了。于是他打开床头柜的抽屉，握着左轮手枪，悄悄从床上爬起来。他看到小偷用万能钥匙或类似的东西从前门进来，想要打开放着前两天流水的抽屉。然而，小偷听到他的声音就跑了。

小偷肯定不知怎么知道了公寓的布局，于是跑下楼梯，进入商店。在提前踩点的时候，他可能注意到油漆区的窗户开着。他窜到商店的那个区域，通过架子爬到了高高的窗户上，但接着滑倒掉进装红紫素的袋子上了，撒了一些出来。正当他回头看追他的人还有多远时，莫拉比托射杀了他。

店主可能并不想杀他，但是子弹正中目标。但子弹一定是弄掉了小偷脸上的黑色羊毛滑雪面罩，莫拉比托才意识到，小偷是个女的。他惊慌失措。

没错，根据新的自卫法律，他毫无疑问免于处罚，但是他不知道：如果小偷是个女人，这条法律还适用吗？而且还是个手无寸铁的女人？

从最初的惊慌中缓过神来后，他开始琢磨了。他渐渐看到了出路。既然没有人听到枪响，那干脆让自己跟这事撇清岂不是更好？彻底撇清？

整个晚上他都在思考，第二天周日也在想。然后他做出了自认为正确的决定。他把尸体剥光并清洗干净，因为上半身被红紫素弄脏了。然后他把赤裸的尸体放到汽车后备箱里。这没有问题，因为车库和商店内部相连，因此没人能看到他。

周日和周一之间的半夜，他开上车，把尸体卸在了萨尔赛托。情况就是这样。但是，为什么几天后他决定要把他的店铺烧了呢？

这必须等法齐奥第二天早晨告诉他了。

※

当他回到马里内拉的时候心情非常灰暗，不想吃饭。他对案件的结果感到失望。

白痴罪犯的白痴犯罪。可话说回来，他又曾经碰到过几个聪明的杀人犯呢？在整个职业生涯中，他一只手就能数得过来。好吧，但是这个比一般的还要愚蠢。

一经证明是莫拉比托杀了那个女孩，迪纳尔多或者说谋杀案组的负责人还会继续推进吗？他们会去确认遇害者的姓名吗？或者，当他们意识到这个案子并不像看上去那么单纯，他们会打退堂鼓吗？

告诉同事们自己的调查已经进行到了哪一步，这难道不是他的责任吗？

目前，有飞蛾文身的俄罗斯女孩是小偷这一点已经是板上钉钉了，而且已经查明三名女孩一直与善行社有关系。

所以，善行社远看山高水险，真到了眼前才知道到处埋着地雷。迪纳尔多或在他位子上的什么人能感受到被炸成碎片的危险吗？他们在罗马有多硬的关系网？政客的车轮都被神父抹了圣油祝福。他们所有人，无论是左是右，都会为了皮西基奥主教和善行社披挂上阵。公诉人会有勇气遂行使命吗？毕竟，我才问了卡瓦列雷·皮罗没几个问题，他就直接把电话打到了局长那里。

别耍小聪明，好好坐着，把事情留给迪纳尔多。如果局长办公室开始发出令人不愉快的声音，询问调查相关的问题，他会和盘托出。否则就闭嘴，蒙塔巴诺。

※

他坐到阳台上，一晚上抽着烟，喝着威士忌，看似能够驱散不好的想法。但是当他意识到调查权已经从手里溜走时，他感觉到了一种失望和轻微的愤怒，这种混合感弥漫全身。

啊，好吧。这不是第一次发生了。

其实也有好的一面，也就是说，他之后有几天清闲日子，可以好好利用起来……

"去干吗？"蒙塔巴诺一突然问道。

"请你明确告诉我，除了工作，你还知道什么？吃饭、睡觉、读一些小说，然后偶尔去看场电影。就是这样吧？你不喜欢旅行，你不运动，也没什么爱好，当你真正面对麻烦事的时候，你其至连一起共度几个小时的朋友都没有……"

"这是什么屁话？"蒙塔巴诺二加入了争论。"他比奥运游泳冠军游得还远，你还告诉我他不运动？"

"游泳不算。重要的是真实、认真对待的兴趣，能够丰富人生意义的那种兴趣。"

"哦，是吗？给我举个例子！园艺？集邮？与朋友讨论尤文图斯是否比 AC 米兰更当之无愧为冠军？"

"你能让我说完吗？"蒙塔巴诺插嘴道。"我只是在说，我可以利用未来自由的几天让利维娅过来。你知道我要对你们两个说什么吗？我现在要拿起电话叫她过来。"

他站起来，走进屋里，拿起电话，拨了号码，响了一下，就挂了。

"不。"他真正仔细想了想，发现自己此刻还不是完全自由。

皮卡雷拉失踪案件还悬着呢。他完全忘了这回事。结果如何了？他承认伪装绑架了吗？警长看了看手表。给米米打电话太晚了。他可能会把孩子吵醒，引发一场争吵。

也许最好等到第二天晚上再打电话给利维娅，等他绝对——或者相对——确定没有更多的麻烦事分散精力的时候。想到类似皮卡雷拉失踪案这样影响生活节奏的琐碎案件，他就不免皱眉蹙额。所以他给了自己一个庄严承诺：第二天晚上之前，他会证明是皮卡雷拉自导自演了整个事件，然后给他安上"模拟犯罪"的罪名，送进监狱。然后他马上打电话给利维娅。

16

几乎都想好了。因为他做了一个奇怪的梦，之后醒了一小会儿，之后就又睡着了。

在梦里，他和利维娅在巴哈马群岛（他知道那是巴哈马群岛，尽管他同时很确定自己之前从未去过那里）。他们在挤满了人的沙滩上，人们都穿着泳衣：穿着丁字裤、袒胸露乳的女人，像《威尼斯之死》剧中男孩那样的年轻人，大腹便便的男人，互相搂抱着的同性恋，浑身肌肉、像是美国电影里的那种救生员。利维娅也穿着她的泳衣。然而他没有穿。他打扮得整整齐齐，甚至还打着领带。

"我们不能去一个不这么拥挤的海滩吗？"

"这是岛上最不拥挤的一个了。你为什么不把衣服脱下来？"

"我忘记拿泳衣了。"

"可以在这儿买啊！看到那边的飞机了吗？他们什么都卖：泳衣、毛巾、浴帽……"

有一架飞机停在沙滩上，围满了人在买东西。

"我把钱包忘在房间了。"

"你总是想找借口不下水！好吧，我做给你看！"

突然间，他们就不在巴哈马群岛了。

现在他们在某人的浴室里，利维娅仍然是利维娅的样子，但身份却成了他的婶婶。

"不行，你不脱衣服洗澡就不能去学校！"

正当他把衣服脱下来，觉得有点尴尬的时候，婶婶利维娅盯着他胸口一块很大的黑色污渍问："这是什么？"

"我不知道。"

"你怎么弄到身上的？"

"不知道。"

"好吧，把它洗掉，然后喊我检查。污渍洗干净再出浴缸。"

他试了各种方法把它冲洗干净，用肥皂擦，又用海绵洗，但还是没有洗干净。在绝望中，他开始哭了。

※

他睁开眼，看到阿德莉娜端着一杯咖啡站在他面前，咖啡的香气让他元气满满。

"我没做错什么吧，先生？也许你想再睡会儿？"

"现在几点？"

"大概九点。"

他起了床，洗了个澡，穿上衣服进了厨房。

"先生，我想要告诉你，今天早上我接到律师为我儿子帕斯夸里的案子打来的电话，昨天你在监狱见到他来着。律师告诉我，我儿子让他告诉我一个地址，然后我觉得应该告诉你。"

蒙塔巴诺使劲儿去理解阿德莉娜的最后一句话，感到有些眩晕。"地址是哪儿？"

"加罗塔巴勒莫 16 号。"

那肯定是佩皮·坎尼扎罗的住所。很明显，他和齐恩一起从蒙特鲁萨搬到了加罗塔。但是现在这不重要了。他不管这个案子了。

"他们打算什么时候让他回家？"

"也许两三天以后吧。"

"谢谢他的地址。然后再给我一杯咖啡。"

※

"啊，头儿！头儿！我昨天一整天没看到你们！"

"你想我吗？接下来几天你会一直看到我，你可能会对我感到恶心。"

"我永远不会对你感到恶心的，头儿！"

货真价实的爱情宣言。如果别人说这样的话，他至少会觉得有些尴尬。

"都谁在？"

"每个人都在，头儿。"

"给我把奥杰洛和法齐奥喊过来。"

两人进来的时候，办公室里正在进行一场热烈的讨论。

"恭喜，"米米说，"法齐奥告诉了我你昨天在莫拉比托面前的表演，我们都认为是你最好的表演之一。"

"承蒙夸奖……听着，法齐奥，不要告诉我莫拉比托说的任何内容。我只想知道一件事，他为什么放火烧自己的店？"

"是拉贡涅丝的错。"

"当地电视台社论评论员？"

"对。拉贡涅丝在尸体发现后的第二天称，这件案子是按无名女尸谋杀案查的。"

"听起来像一部电影的名字。"米米说。

"二流影片。"蒙塔巴诺补充道。

"帕斯夸诺透露了一个细节。"

"红紫素？"

"不是的，先生，帕斯夸诺没有提到红紫素。但是他确实提到子弹打飞了她的上牙。因此莫拉比托才觉得，肯定有牙齿散落在她死的地方。他于是关了店，花了一个晚上找牙齿，但是没有找到。清洁队第二天就应该来了，但是他编造了一个借口告诉他们不要来了。接着他继续找，但是一切都是徒劳。最后，几乎精神错乱的他决定放火烧店。"

"他应该能很容易就摆脱处罚。"蒙塔巴诺评论道。

"我不这么认为，"法齐奥说。"检察官几乎失控了。隐藏亵渎尸体，纵火……"

"迪纳尔多是否告诉过你，他想跟我取得联系，以了解我们对案子调查到什么程度吗？"

"没有，但是他不停地向检察官说你的好话。除此之外……"

"好的。你，米米，是怎么对付皮卡雷拉的？"

"你觉得呢？这人比你还会演戏。我发现他躺着，他的妻子在他旁边，安慰他，握着他的手。法苏洛医生也在，刚刚过来出诊，发现他正精神错乱呢。但是，我确实设法问了皮卡雷拉一个问题：

能给我看一下他的护照吗？"

"你太棒了，米米！"

"谢谢。他说绑匪没收了他的护照。"

"当然！他永远不会给你看上面印着古巴章的护照！他说绑匪？"

"是的。他说那儿有两个绑匪，尽管皮卡雷拉太太说她只看到了一个。"

"你提照片的事儿了吗？"

"当然。他和妻子的侮辱和辱骂铺天盖地向我袭来。他们没有直接说出这是我们编的，是假的，但是也差不多就这个意思了。"

"所以你认为，皮卡雷拉案子会是持久战。"

"恐怕是这样。皮卡雷拉之所以要拖延，恐怕更多是因为他妻子，而不是咱们。要记住，钱在他妻子手里，他自己很穷。如果妻子离开了他，他就会发疯、破产。但是目前，除了一张有争议的照片，我们还没有发现什么东西。"

"你们接下来做什么？"

"同时，今天下午三点钟我和法齐奥会回到那儿。检察官也会到那里有正式质询。关于你给我的那些名字……"

"那些善行社的人？忘了那些吧，米米。你还没意识到我们已经出局了？我想提醒你一下，检察官在场时，你可以问皮卡雷拉几个问题。"

"请说。"

"检察官很自然地会努力寻找绑架的一些细节：他们把他藏

191

到了哪儿，他们如何对待他的，类似这样的废话。你可以确定皮卡雷拉肯定准备好了答案。而你应该问他，首先，你知道为什么绑匪没有索要赎金吗？第二，如果绑架你不是为了钱，还有可能是什么其他原因？第三，谁有可能知道你取出了一大笔钱，放在家里只有一个晚上，又那么巧，当晚就去绑你？"

"我觉得这三个都是好问题。"

"皮卡雷拉有几个木材仓库？"他问法齐奥。

"两个。"

"给我地址。我们有工作人员的名单吗？"

"有。"

"拿给我。但是首先告诉我一件事，皮卡雷拉失踪期间，是谁在维持仓库运行？"

"克拉潘扎诺会计。"

"你有什么想法？"米米在法齐奥出去拿名单的时候问他。

"我有个主意。"

"我能提前听听吗？"

"米米，皮卡雷拉有一个或两个共犯，对吧？在逃共犯有被起诉的风险。我的意思是，人们做事肯定都是出于友谊或是为了金钱。你和法齐奥不是说皮卡雷拉没有任何亲近的朋友吗？"

"对的，他是一个孤僻的人。他总是待在窝里，出去只是为了猎艳。这就意味着，他为了找这出戏的同伙，肯定出了大价钱。在他员工里找找。"

"这是名单。"法齐奥说着进来了。

"很好。现在，我不想有任何记者同皮卡雷拉谈话。我是认真的，彻底新闻管制。我们傍晚见面。"

※

"克拉潘扎诺会计吗？我是蒙塔巴诺警长。"

"乐意效劳，警长。"

"克拉潘扎诺先生，毫无疑问，你知道了皮卡雷拉先生绑架案的美好结局，我们要常念圣恩啊。"

"当然，当然！我们甚至干杯庆祝了！我们还想着举行集会来表示感谢呢。"

"好极了！我觉得，我们可以说，虽然他的麻烦结束了，但是其他人的开始了。"

"其他人？"克拉潘扎诺关心地问。

"这还用问，当然是绑架他的人了。我们之前没有任何动作，是因为我们害怕让皮卡雷拉先生陷入危险当中。但是现在我们不用再害怕了。"

虽是弥天大谎，却也真假参半。

"我能为你们做些什么？"

"好吧，会计先生，除了你自己之外，有多少人在贝里尼工作？"

"五个。一个职员和四个门卫。"

"那在马泰奥蒂那个仓库呢？"

"也是五个。"

"好的。"

他看了看法齐奥的名单，是一致的。

"最迟一个小时，我希望看到所有的员工聚集在你的仓库。"

"但将近一点钟了，我们要停工吃午饭！"

"这是问题的关键。你们不是四点重新开工吗？我最多需要不到一个小时。我不会让你们任何一个人错过午饭的。仓库可以正常关门。"

"好的，你们这样安排……"

法齐奥的名单非常注重细节：不仅仅是名字、姓氏、地址和电话，每个员工是否结婚、有什么恶习、是否有过刑事犯罪、是否有任何……他都一一写了下来。

警长想，如果法齐奥不是在西西里岛，而是在苏联克格勃时期，他肯定会步步高升。

※

当他到达仓库的时候，他们都已经在那里了。

看起来六十多岁的克拉潘扎诺会计向他介绍了另外一个仓库的会计师，一个叫菲利波·斯特拉诺的三十多岁的年轻人，他管理着马泰奥蒂的仓库，同时还介绍了五十岁上下的埃内斯蒂娜·皮卡，也是会计师。只有四把椅子，分别坐着警长和三个职员。

另一方面，看大门的坐在了摞起来的两堆板子上。克拉潘扎诺从左到右依次作了介绍。

蒙塔巴诺开始说话了。

"我确定克拉潘扎诺会计已经告诉你们我是谁以及我想见你们所有人的原因了。我们在抓紧每一分钟抓捕绑架了皮卡雷拉先生的危险罪犯。让你们在休息时间到这里来，请原谅。但是我认为，你们能明白，案件调查现在就开始了。可怜的皮卡雷拉先生还没有多说什么，目前他的状态十分令人不安。"

"他不舒服吗？"克拉潘扎诺冒昧地问道。

蒙塔巴诺用精湛的哑剧做了回答。他伸展双臂，抬起眼睛看着天空，摇了几次头。

"非常不舒服，他几乎说不出话。"

"可怜的人！"会计皮卡先生说，擦去了一滴眼泪。

"然后，这是因为，"蒙塔巴诺继续说，"他在监禁期间被残酷殴打，日日夜夜。这是他告诉我们的。脚踢、拳打、重锤，用任何能想象的方式虐待和侮辱。毫无理由。"

"可怜啊，可怜的人！"会计一个劲儿地重复。

"囚禁他的人丝毫不顾惜他，这更加重了他们的罪行。我相信公共检察官计划以谋杀未遂罪名来指控他们。我们不会原谅他们！"

真的这么容易？他刚刚开始描述皮卡雷拉受虐待的情景——都是随口现编的——这时左数第三个门卫、四十多岁的塞尔瓦托·斯帕利塔就做出了迷惑不解的表情，接着露出恐惧的神情。

蒙塔巴诺低头看了看一直握在手上的名单。斯帕利塔在马泰奥蒂仓库工作，法齐奥说他吸毒，还偶尔贩毒。

既然已经开始即兴表演，他决定继续下去。

"但是还有更多。我想让你们进一步关注。皮卡雷拉先生被释放了，但并没有交赎金。那他为什么被绑架了呢？这个问题的答案很简单：让他远离工作地点一段时间。为什么？因为在这段时间里，在他的一个仓库或两个仓库会发生了他可能已经注意到却不了解具体底细的一些事。"

"但是……在这期间什么也没发生！"克拉潘扎诺说。

蒙塔巴诺向上天祈祷在另一个仓库发生了一些事，任何事。他眼睛直直地看着菲利波·斯特拉诺。

"我们仓库也没发生什么，除了装载大量的木材……"

"从哪里？"

"乌克兰。"

蒙塔巴诺嘲讽地咯咯笑，他获得了很大的成就感。"这你还说什么事都没发生？"

"但是为什么？如果可以问问的话。"

"我确定我知道为什么。"

斯特拉诺会计担心地安静了下来。

"木材还在仓库里吗？"警长继续问。

"没有。已经预订了，所以我们……"

"没有浪费任何时间，啊？"

斯特拉诺看着克拉潘扎诺像在寻求帮助一样。

"你介意告诉我们，为什么那些木材那么特殊吗？"克拉潘扎诺粗声问。

"因为一些木板是中空的，藏着毒品。"警长反驳道。

到场的每个人看起来似乎同时集体中风。斯帕利塔最难忍受，脸色像尸体一样苍白。

"这个，请注意，是缉毒队的假设。但是他们一般不会无理污蔑。"

仓库比坟墓还要安静。

"我不想占用你们更多的时间。从明天开始，你们会一个接一个地被问话。我们的审讯将会是长期的、彻底的。缉毒队也会在场。然而，这也是我想要见你们的原因，如果，与此同时，你们中的任何一个想到了什么，可以给我打电话。再见，谢谢你们。"

他站起来走了出去，留下他们一脸的茫然。

※

在恩佐餐厅他吃得狼吞虎咽，像好多年没吃过一顿像样的饭一样。之后，看了看天气，和平时一样到灯塔散步。

"我们会有什么样的天气？"他问垂钓者。

"好天气。"

他坐在了平坦的岩石上，但是他什么都不想想，他感到内心空虚。他花了半个小时阻止了一个试图爬上石头的螃蟹。这个生物每爬上几英寸，他就用一节树枝轻轻地把它推回起点。

"看看你自己！"蒙塔巴诺一说，"你不感到惭愧吗？看看你变成什么样了！玩弄一只螃蟹！"

"不能让他安静一会儿吗？"蒙塔巴诺二插嘴道。"怎么了，有法律禁止一个人这么打发时间吗？今天早上他干得多棒啊！"

"啊，想象一下他付出的努力！他肯定累得要命！"

从根本上来说，蒙塔巴诺一是正确的。为了惩罚自己，当他回到办公室时就开始签署办公桌上堆积如山的文件。

六点过几分，电话响了。

"头儿，马利塔先生找你。"

"问问他叫什么。"

"头儿，我刚跟你说了啊。"

"再问问吧。"

警长听到电话背景中有抱怨的声音。

"搞错了，头儿。他的名字是斯帕利塔。"

警长很满意。"让他听电话吧。"

"他在外面等呢。"

"好吧，那让他进来吧。"

他完全能确定，今天晚上就能给利维娅打电话了。他践行了自己庄严的诺言。

斯帕利塔看起来跟得了疟疾似的。

"你有什么要告诉我吗？"

"是的，先生。我犯过几个涉毒的小案子，害怕你把我牵连进去。"

"不好意思，牵连进什么？"

"涉毒木材案。我发誓我不知道这里面的任何事，现在也还是不知道。"

"好吧，那么，如果你的良心很干净，你在害怕什么？"

"事实上……"

"……你的良心并不干净，对吗？"

斯帕利塔低下头，没有说话。

"皮卡雷拉给了你多少钱，让你帮他演这出绑架戏？"

"五百欧元。但是我发誓，他告诉我那完全是个玩笑。他需要消失一个星期，因为他要带一个妓女去古巴。你为什么告诉我们一通他被打的废话？他怎么跟我交代的，我就一直怎么对他的。我把他藏在乡下弟弟家里，每天带给他食物、香烟、报纸……现在他想出卖我，该死的混蛋！"

奥杰洛敲门进来了。看见警长在忙，于是假装准备出去。

"不，不，米米，进来吧。你来得真是时候，请坐。调查怎么样了？"

奥杰洛因为有陌生人在，有了片刻犹疑。他决定不提到任何人名。"不错。我想说最多再过几天，他就会疯了的。"

"我说可能更快。哦，也许你还没见过，这是斯帕利塔先生。他就是帮助皮卡雷拉演绎绑架戏的人。你可以在这儿继续问了。"

他站起了身。

"你要去哪儿？"米米略显慌张地问。

"回马里内拉。我需要打一个重要的电话。明天见。"

17

"你现在觉得怎么样？"

"好点了，谢谢。你呢？"

"还行吧，谢谢。"

"那儿天气怎么样？"

"不错。你那里呢？"

"天气多变。"

两个人怎么能在一起度过了一年又一年，却仍然像陌生人一样交谈呢？谈谈羞羞的内容，或者互相骂几句脏话，那不是更好吗？挤兑几句，甚至敲对方的脑袋呢？

蒙塔巴诺对他和利维娅目前所处的相互关系感到不满，有些愤怒。是他的错还是利维娅的错已经不重要了。对他们来说，重要的是彼此要面对面进行一次长谈，以这样或那样的方式。他们正在慢慢陷入流沙，现在需要的是打开天窗说亮话。

"还记着我说过的吗？"

"说过的什么？"

"来我这儿吧，如果……"

"当然。"

"好的，我想让你知道，我有三四天假了，整天的假。"

"好啊。"

那是什么意思？不是"啊，太棒了，我真高兴"？

他是多么热情啊！他没有信守诺言吗？

"我一有假期就给你打电话。"他是这么答应她的。他刚刚奔回马里内拉的家就去告诉她这个好消息，这就是她说谢谢的方式吗？

"所以，你想何时……"

"我明早就赶过去。"她很快回答道。

这意味着她已经打包好行李，在家等他的电话很长时间了。这也意味着，她的行为不像他想的那样缺乏热情。相反地，她的每个字都是认真思考过的，她害怕将强烈的感情流露出来。

"太好了。我到巴勒莫机场接你。"

"不麻烦了。"

"为什么不呢？"

"因为你可能突然有事，我不想站着等你，你又没来。我宁愿坐公共汽车，省心。"

"利维娅，我都告诉你了，我完全放假了！"

"你就别费事了……"

"我告诉你了没有任何问题！快跟我说，你什么时候到？"

"和平时一样，正午航班。"

"我会中午在那儿等的。"

"听着，别生气，但是……"

"但是什么？"

"我不想待在马里内拉。"

"你不想待在我这儿的房子里？"

"是的。"

他感到有点生气。他的房子对她做了什么让她不想待在这里？

"为什么？你待在我的房子里感到有什么不好了吗？"

"不是的。"

"我不懂。"

"我在你的地方从来就是感觉很棒。也许是太棒了。"

"那又怎么样？"

"我觉得也许那个地方会影响我的决定；它也许最后会影响到我。"

"那我呢？它不会影响到我吗？"

"相对来讲影响小点，因为那是你的家。"

"我明白了。你想在一个中立的地方。"

在利维娅的沉默中，他能感觉到她正在努力用不伤害他的方式回答他的问题。

"对不起，我刚才说得太愚蠢了。"他继续道，"这样吧，我们在机场见面，然后一起决定去哪儿。不回我家，直接过去，可以吗？"

"好的。"

"明天见。"

"明天见。"

他挂了电话，但仍然守在电话旁边，想着利维娅刚刚说的话。

这间房子会影响她！这是什么鬼话？四面墙什么也不会影响！它们只是墙壁，跟其他房子一样，仅此而已。好的和坏的房子决定住在里面的人的幸福或不幸福。这种情节只出现在电影里。想想看，甚至连家具都没有影响。只要人不想受它的影响。

换句话说，除非有人明确希望受到它的影响。在那种情况下，任何东西，比如，利维娅在菲亚卡给他买的雕像……

他把它拿了起来。它是一个大约五英寸高的小男孩，有一张开朗、淘气的脸，肩上扛着一篮子鱼。它并不是一件艺术品，但挺好看。事实上，利维娅是因为表情买了它：明智、开朗、聪慧。然后，他突然想起来她递给他时低声对他说的话了：

"如果我们哪天有个儿子啊，我希望是这样的。"

那之后多少年了？10年？15年？突然间一阵情绪袭来，他意识到利维娅是对的。并不是房子本身，而是所有的记忆，痛苦和欢乐、希望和失望、眼泪和欢笑影响着他们。如此而已！

当他把小雕像放回去的时候，雕像从他手上滑到了地上。他弯下腰把它捡了起来，骂了一声。头掉了，跟脖子彻底断开，其他地方没事。他把头放了回去：严丝合缝。一片也没磕下来。

所以他开始寻找万能胶，找到之后坐下来，非常小心地把头粘回身体上。他对自己感到非常满意。尽管他不是很擅长，但做得非常完美。他把雕像放在桌上，起身去收拾手提箱。

他至少可以与利维娅一起离开四天。但当他把行李箱从大衣橱里拿出来的时候，他陷入了忧郁，不再想装衣服了。第二天整个上午都可以做这件事。他决定在阳台上待着直到发困。

※

第二天早上，他醒得比往常晚，八点以后才醒。很明显，他的脑子和身体已经进入假期状态了。他洗了个长长的澡，刮好胡子以后拿起剃须刀、香皂、梳子以及其他个人洗漱用品，放进利维娅送他的一个雅致的洗漱袋里，然后放到了手提箱里。接着，他打开衣柜开始挑选衬衫。到了九点钟，行李箱已经收拾好了。他合上箱子，拿到了外面的车边，然后放到后备箱里。

他应该在警局停一下吗？还是不告诉任何人就开车走人，或者到了外面给局里打个电话？没什么区别吧，也许最好打个电话让他们知道自己要离开了。拿起话筒的时候，他看到了小雕像。他把它拿起来检查了一下。

头部与脖子完美地合到了一起，但是脖子部分有一圈很细的线，像头发一样细，清楚地展现出了之前的破坏和后来的修复。

当然，从远处看雕像看起来很完美。但是近距离的话……

太糟糕了，他一边想，一边把它放回了原处。重要的是，他把它救了回来，没有扔掉。

他拿起听筒，听到有人在说话。串线了吗？他立即意识到是坎塔雷拉。

"哈喽？哈喽？是谁啊？"

"我是蒙塔巴诺，坎塔。"

"你给我打电话，先生？"

"不是的，坎塔，我正要给你打电话的时候，你已经在线了。"

"也就是说，你没给我打的时候我就接了？"

"不是你接，很明显是你给我打了电话……听着，别在意，随它吧。我打电话是为了告诉你我不去办公室了，因为我要离开去……"

"你不能离开，头儿，完全不能！"

"为什么不能？"

"因为有人被杀了。"

这好像一记重拳。

"哪儿？"

"扎克利小镇，在蒙特鲁萨过来的路上。"

警长希望这事儿不在警局的管辖范围内。现在他们必须去处理了。

"你知道他的名字吗？"

"法齐奥告诉我了，但是我现在不记得了……等一下……一种蓝色的石头叫什么？"

考试时间到！

"我不知道，坎塔！蓝宝石？"

"不是，长官。"

"紫水晶？"

"不是先生，听起来像意大利螺旋面。"

"青金石？"

"就是那个，头儿！卡祖里（Cazuli，意为青金石）先生被杀了！"

"听着，奥杰洛警探没在那儿吗？"

"不，头儿，奥杰洛警探昨天晚上被送进了医院。"

"我的天！他发生了什么事？"

"他自己没事儿，头儿。但是他们把孩子送医院了，看脚。"

警长权衡了一下他的选择。如果他立即离开家，在他去往巴勒莫机场之前，他会有大约大概半个小时去帮助法齐奥。是的，半个小时应该够了。他不知道谁叫卡祖里，也没听说过这样的名字。等等，最近有没有人提到过一个叫法苏洛的？也许是毒贩之间需要分赃吧？他也许可以把这个案子留给法齐奥处理。无论如何，奥杰洛早晚会从医院回来，他也可以从那里接管。

"告诉我法齐奥在哪儿。"

※

当他到达那里，他需要穿过一群拿着长枪短炮的各路记者，他们把一辆菲亚特熊猫轿车整个挡住了。车撞到了路边的一棵树上。加洛正在指挥蒙特鲁萨来来往往的车辆交通。

加鲁佐正试图疏散从车里走下来看热闹的围观群众。法齐奥正在同加鲁佐的小舅子说话，他是当地的记者。蒙塔巴诺设法进了那辆车，但发现车是空的。他更仔细地看了看。血溅在仪表板和司机座位上放着的头枕上。

看到他来了，法齐奥向他走过来。

"尸体在哪儿？"

"受害人没有死，头儿。但是我觉得他可能挺不过去了。他被送去蒙特鲁萨医院了，但我还不知道他是不是能活着到医院。"

"是你叫的救护车吗？"

"我？你在开玩笑吗？我们到这儿的时候，一切都结束了。他们朝他开枪的时候，周围全是车，一片混乱。两三辆车停下来，一个拨打了118，另一个叫了我们……"

"有人看到什么吗？"

"是的，长官，有一个目击者。我已经让他告诉我他看到了什么，留下姓名和地址，让他走了。"

"他告诉你什么了？"

"他说他看到一辆大马力的摩托车撞上了那辆车，把它撞偏了。骑摩托车的逃逸了。"

"有人看到他的脸了吗？"

"头盔的前盖遮住了他整个脸。"

"车牌呢？"

"他没记下来。"

"听着，法齐奥，我需要跟你说个事。坎塔雷拉告诉我的时候，我正准备请三到四天的假，因为我认为你和奥杰洛可以把事情处理好。"

法齐奥看起来有点不知所措，"但是，头儿……"

"听着，法齐奥，我真的需要离开三天。无论如何，我觉得这个卡祖里……"

"卡祖里？"

"怎么了？这不是他的名字吗？"

"不是的，头儿，是你想见的一个人。他的名字是拉皮斯，托马索·拉皮斯，一个善行社的人。记得吗？"

就在这时，所有人都来了：法医团队、检察官还有帕斯夸诺医生。医生一发现自己其实用不着来，马上就疯了似的到处骂人。

蒙塔巴诺不知道该怎么办了，已经十点半了，如果他马上离开，以他完全无法达到的车速开车，还有可能在中午之前赶到机场。最好的选择就是提前告诉利维娅自己要迟到。他把法齐奥的手机借过来，然后拨了电话。

"您拨打的电话……"

对了，这会儿利维娅正在机场准备登机，或者已经在飞机上了。

怎么办？派一辆局里的汽车，然后他自己出油费？这样肯定会让利维娅生气。他们不是这么定的。他们应该从机场去一个当场选择的地方。不行，那样后果会很严重。

没有别的选择了，只能等到中午利维娅开机，然后他们再达成一致了。

"法齐奥，在我看来，我们在这儿是浪费时间。"

"我也这么想。"

"打电话给医院，看看拉皮斯的情况。"

"头儿，由于要保护隐私，他们不告诉我。"

"咱们开我的车过去吧。"

在医院他们跟一个医生朋友谈了谈。

"我们认为他够呛能挺过去。"那位医生说。

"他被枪击了几次？"

"只有一次，但是很致命。是一个大口径的武器。子弹是从敞开的车窗里射进来的，进入了左额骨，炸掉了他的半张脸，然后从右眼上方弹出来的。"

蒙塔巴诺接着问了个问题让医生犹豫了。

"也打掉了他上边的牙齿吗？"

"是的。为什么这么问？"

"就是好奇。所以你认为他恐怕……"

"现在只是时间问题了。"

※

"所以现在去哪儿？"

"回镇上，回局里。"

"你为什么问他牙齿的事儿？"法齐奥问，"你认为这与文身的女孩儿的被杀有关？"

"既然你这么善于问问题，那么你为什么不试着同样善于回答问题呢？"

"嘿，头儿，火气怎么这么大呀？我能理解，你是因为这件事情打乱了你的计划，所以你生气。但是这些事情，你知道的，你又能做什么呢？在我们的管辖范围内！"

"回去，立刻！"

"去医院？"

"不是，去局长办公室。"

也许问题的解决办法就藏在法齐奥用的那个词里：管辖范围。

进了蒙特鲁萨中心的停车场后，他告诉法齐奥在车里等他，然后冲到了博内蒂·阿德里奇局长的接待室里。在那里他不可避免地碰到了拉特斯博士。一看到他，博士就热情地张开了双臂。什么？他现在不再调查善行社了，他就不是恶棍和被逐出教会的人了吗？

"亲爱的警长！"

"感谢圣母玛利亚，家里人都很好。听着，我想要和局长谈谈，有急事儿。"

拉特斯博士做出一个郁郁寡欢的表情。

"但是他在罗马！你不知道吗？"

"不知道。他什么时候回来？"

"后天。"

"再见。"

"祝好！"

警长骂着走出来。他的本意是把拉皮斯被杀和文身女孩被杀紧密联系起来。这样一来，他，蒙塔巴诺，将被迫重新开始调查善行社。局长大人会怎么想？博内蒂·阿德里奇一想到蒙塔巴诺又开始掺和主教大人、慈善机构这些事，肯定会吓坏，然后以"管辖范围"为由把案子交给迪纳尔多，或者迪纳尔多手下的人。至于他，蒙塔巴诺，就去他愿意去的任何地方……

但是不幸的是，事情并没有这么发展。

"现在去哪儿？"

"回局里。"

看到警长甚至比之前还要忧郁，法齐奥都不敢张嘴了。他们在沉默中走了几公里，然后警长说："我们回去。"

"回去？"法齐奥问，既有点沮丧又有点生气。

"回去，回去。毕竟这是我的车，车费是我在出！"

"我们回局长那儿吗？"

"不是，我们去自由频道的演播室。"

他突然闯进来，把前台那个女孩吓了一跳。

"哦，天呐，蒙塔巴诺警长，你真的……"

"齐托在吗？"

"他在办公室，一个人。"

他使劲推开了门，门都撞到了墙上。记者从椅子上跳了起来。

"这是干什么？你们整个警局都学坎塔雷拉了吗？"

"不好意思，尼科尔，我真的很着急。你听说一个叫拉皮斯的男人的被谋杀未遂案了吗？"

"是的，半个小时前我刚刚播放了新闻。"

"你知道他的情况吗？"

"他怎么了？"

"我刚才在医院。他只能活几个小时了。他的情况给我说说吧。"

"一个正派的家伙。四十岁，未婚。去年还经营着一家纺织品店，之后生意不好就关张了。枪击完全没法解释。也许是认错人了，真可怕。"

"没法解释？"

齐托的眼睛闪了闪，紧张起来。

"为什么，你们得到某些解释了吗？"

"我也许找到了。"

"是什么？"

"你知道一个叫善行社的组织吗？皮西基奥阁下组建的？"

"不知道……或许知道……我好像曾经听说过。他们参与拯救年轻女性。"

"就是这样。你知道托马索·拉皮斯的工作就是说服这些女孩放弃原来的工作，然后信任皮西基奥先生的组织吗？"

"不，我不知道。所以你认为是一些皮条客……"

"等等。你知不知道，莫拉比托杀的有蛾虫文身的女孩可以确定被善行社接纳过吗？"

"我的天！"

"就是这样。所以，尼科尔，你必须现在闹出点动静，让这些事联系起来，马上。越响亮越好，越刺耳越好。你也看到了，善行社中的每一个人都在损人利己。不出半天，像你这样的人就可以搞清楚这些事情。现在你可以开始大声宣传了。"

"为什么？"

"我说了，我真的很着急，尼科尔。说真的，这会儿几点了？"

"12 点 10 分了。"

天啊，他迟到了！"我可以打个电话吗？"

"当然。"

"您拨打的电话……"

18

他们发现米米·奥杰洛在警局大门口等他们。一看就知道整夜没合眼。

"宝宝怎么样了？"

"现在好点了。"

"他是怎么了？"

"一些小毛病，贝巴夸张了。"

"咱们去我办公室吧。"警长说。

"哦，"奥杰洛说，"我想告诉你，医院刚刚来电话，拉皮斯死了。"

"所以，"他们一坐下，蒙塔巴诺就开始说，"我们必须再次重启之前放弃的对善行社的调查。我曾经让你们俩挖掘尽可能多的信息，关于……"

"古列尔莫·皮罗、米凯利纳·齐卡里、安娜·德格雷戈里奥、杰兰多·库尼奥和斯特凡尼娅·里佐。"法齐奥背了出来。

他继续说，"托马索·拉皮斯也在名单上，但是由于发生的情况超出我们控制，我们现在可以划掉他了。"

"然而现在，我们没有更多的时间浪费在收集信息上了。我们必须采取行动。我希望从现在开始在警局逐个见他们每一个人。名单上的第一个人应该是亲爱的卡瓦列雷·古列尔莫·皮罗。"

"等一下，"米米说，"我们不应该告诉检察官吗？"

"我们应该告诉，但是我们不会告诉。"

"为什么不？"

"因为我可以百分之九十九确定，托马塞奥会找出一连串的谬论来浪费我们的时间。"

"那就让他浪费吧。重要的是别让他挡道。"

"米米，首先，我非常着急。第二，我害怕托马塞奥会被他上司强迫来挡我们的道。"

"为什么你那么着急？"

"他妈的与你无关。"

米米站起来，给蒙塔巴诺鞠了一躬，然后坐下来。

"面对你解释得如此详尽的理由，"他说，"我自己完全满意。所以，你认为拉皮斯和文身女孩的死之间有关联？"

"在我看来是很显然的。"

"你的这些'显然'来自哪里？"

"杀死拉皮斯的枪击轨道和杀死女孩的相同。"

"可能是个巧合。"

"不，米米，这是个信息。对任何想读懂的人来说都很显然。对不想读懂的人来说，就只是个巧合，就像你说的那样。"

"这个信息说明了什么？"

"用这个人杀那个女孩的方法杀了他。"

"但是也许……"

"米米，你在让我浪费时间。来吧，法齐奥，行动起来。事实上，米米你也帮他一下。"

※

已经两点了。他再次试着给利维娅打电话。没应答，还是平常录制的女声声音。电话响了。会是她吗？他已经准备好祈求她的原谅了，甚至在整个警队面前下跪都行。

"哦，头儿！一个叫安东尼奥·多娜的人打来电话，说想要跟你单独谈话。"

他人生中从来没有见过叫安东尼奥·多娜的人，但是他接过了电话。

"嗨，我是安东尼奥，你记得我吗？"

他当然记得他！那个牧师！

"我能为您做什么？"

"我和卡佳在去你办公室的路上。"

"你们现在到哪儿了？"

"差不多四分之三了。"

"但是如果卡佳来到警局，她可能撞上善行社的人。"

"听着，你知道马里内拉在哪儿吗？"

"当然。"

"也许我们在那里见面更好。那儿有一个酒吧，这会儿没什么人。你一下子就能看见，招牌很大。"

坎塔雷拉看见他火箭似的冲了出去。

※

卡佳是一个长得很漂亮的女孩。她结实丰满的身体几乎要将衣服撑破了，尽管它们都隐藏在一条宽松的牛仔裤和一件松软的毛衣里面。难怪可怜的格瑞斯法先生会那么迷恋她。

"我们一听说托马索·拉皮斯被枪杀，卡佳就决定来跟你谈谈。在来这儿的路上，我们听说他死了。"安东尼先生开始道。

"先问你一下，"蒙塔巴诺说，"卡佳，你是想私下谈谈，还是愿意出庭作证？"

卡佳和安东尼奥先生交换了一下眼色说，"我愿意作证。"

"但是在这之前，"安东尼奥先生插嘴道，"我觉得你最好跟我们待在一起。卡佳已经答应一个很好的小伙子对她的追求了，他们非常喜欢彼此。但是我害怕可能会发生什么，警长。"

"您说得很对。所以，卡佳，我可以开始问问题了吗？"

"好的。"

"为什么纹天蛾文身？"

"在晓尔科沃，我寻求帮助移居国外的那个机构常常这样做。因为我们是分批出境，通常是一次四个女孩，最多五个，每一批有不同的文身。"

"一种标识。"

卡佳美丽的脸阴沉了下来。

"是的，就像对动物那样。无论如何，我们对他们就是工作的动物。我们需要工作来帮助家人，他们已经一无所有，什么都卖了，我们在俄罗斯吃了很多苦。他们让我们学习了一些舞蹈，然后立刻送到意大利夜总会。我们组有四个女孩，肩胛骨上都纹了同样的天蛾文身。"

"你在夜总会平均挣多少钱？"

"我们挣的钱直接用来偿还在晓尔科沃的债务，还要付房租，我们一起住在一栋公寓里。为了挣到足够的钱，多寄一些回家，我们不得不在营业结束后跟客户回家。"

她脸红了。

"我知道了。你是在哪儿见到托马索·拉皮斯的？"

"在巴勒莫的一个酒吧里。我们先被送去了维亚雷焦、格罗塞托，接着去了萨勒诺。拉皮斯找桑娅说话说得最多，说了好几次。"

"终于有一天，我们都在家里，桑娅告诉我们，拉皮斯提出要让我们都搬到蒙特鲁萨，在那里一个慈善组织会照顾我们，让我们去做家庭护理、管家或者清洁工，一些靠谱的工作。"

"那谁去帮助解决债务问题呢？"

"拉皮斯说不用担心这个问题。他会让他的朋友们来处理。"

黑手党，很明显。

"事实是，"卡佳继续说，"我们在俄罗斯的家人没有遭到任何报复。移民机构的人经常拿他们来威胁我们，他们会说，如果你们任何一个人跑了，她的家人会付出代价。"

"简而言之，你接受了拉皮斯的提议。"

"是的。但是拉皮斯希望我们去善行社的办公室，说明我们是自己想要到那儿去的，不要提到他的建议。他还让我们不要同时行动。"

很清楚了，拉皮斯想隐藏自己的主谋和组织者身份。

"为什么当你们到了的时候，你和伊丽娜那么害怕？"

"谁？我们？"卡佳问，完全不知道怎么回事。

很明显，这是卡瓦列雷·皮罗编的瞎话。

"所以，桑娅比你们两个到得晚？"

"是的。"

"第四个伙伴是齐恩？"

"是的。"

"为什么她从来没有来善行社，加入你们呢？"

卡佳给了他一个茫然的表情。

"你什么意思？她没来？她是第四个到的！"

卡瓦列雷·皮罗故意没告诉他这一点，所以卡瓦列雷也跑不了。

"接着发生了什么？"

"第二天，我们四个被带到一起，拉皮斯先生把我们拉到一边，跟我们讲了要我们做什么。他要把我们放到不同的家庭，而我们要时刻保持警惕，看是否有任何的珠宝或现金。接下来，瞅准机会偷出来，然后马上走。之后，他会把我们转移到另一个小镇，把赃物卖掉。下手的人能分到四分之一。"

"你们所有人都接受了吗？"

"桑娅立马就接受了，我觉得她是在离开夜总会之前就同意了。接着伊丽娜和齐恩也接受了。接着我也接受了。"

"为什么？"

"不跟其他女孩在一起，我又能去哪里呢？对于我们来说，待在一起很重要。但是我偷偷向自己保证，一有机会就要逃跑，我也这么做了。我从没偷过任何东西，后来齐恩也放弃了，但是出于其他原因。"

"什么原因？"

"她恋爱了，然后去跟她男朋友一起住了。"

"拉皮斯是怎么处理这件事的？"

"很生气，但是他什么也做不了。因为与齐恩在一起的那个男人是个危险的罪犯，并且威胁他要找警察和盘托出。"

"当你在电视上看到一个女孩被发现死在非法垃圾场的时候，你马上就意识到是桑娅吗？"

卡佳眼睛瞪得圆圆，看着他。

"桑娅？"

"不是她吗？"

"不是，被杀的是齐恩！"

现在轮到蒙塔巴诺的眼睛瞪得圆圆的了。

"但当时齐恩不是已经摆脱了他们的控制了吗？"

"是。但是后来她男朋友进了监狱，她需要钱来支付男友的律师费。拉皮斯利用这一点来说服她回去。他让她去清扫房屋，齐恩的工作之一就是清扫店主的公寓。后来她发现，他在房子里放很多钱，特别是在周六晚上。但是齐恩提了一个条件：干完这次之后，她再也不受拉皮斯控制了。谁知道……"

两滴大大的眼泪从她脸颊滚了下来。安东尼奥先生轻轻拍了拍她的肩膀。

"但是你是怎么发现这些的？"

"我不时会给桑娅打电话。"

"桑娅知道电话是从哪里打来的吗？"

"我只用公用电话打。"

目前他暂时没有更多的问题问她了。他知道得已经绰绰有余了。

"小姐，非常感谢你告诉我的一切。如果我再有问题请教的话，怎么……"

"给我打电话就行了，"安东尼奥先生说，"但是我想提一个要求，如果可以的话。"

"请说。"

"我想让你们把善行社那些骗子都送进监狱。他们的存在是对成千上万真诚志愿者的玷污，是对他们干净的辛勤工作的玷污。"

"我肯定会这么做的。"警长站起来说。

卡佳和安东尼奥先生也站了起来。

"希望你们的生活平静幸福。"蒙塔巴诺对卡佳说，他拥抱了她。

在离开酒吧之前，他试着给利维娅打电话。没应答。

※

坎塔雷拉又一次看见他像火箭一样闪过。

"啊，头儿。"

"我不在，我不在！"

他甚至没有坐下，就开始站着给利维娅打电话。仍然是电话录音。他认为，利维娅没等到他，已经回鹿嘴村的家了，闷闷不乐，甚至绝望。她自己单独在鹿嘴村要度过什么样的夜晚呢？让她这么难受的萨尔沃·蒙塔巴诺真是一个混蛋！

他从抽屉里找出一张小纸条，拿起外线电话，拨出了一个号码。

"巴勒莫机场警局吗？卡普阿诺警长在吗？能让他接电话吗？我是蒙塔巴诺警长。"

"怎么了，萨尔沃？"

"听着，卡普，你必须帮我搞到一张今晚飞往热那亚的票。你必须把票给我弄到。"

"等等，我查一下。"

电话里传来一阵噼里啪啦的键盘声音。

"蒙塔巴诺？有位子。我会让人给你订航班的。"

"说你是个天使都不为过，卡普。"

他刚放下电话，法齐奥和奥杰洛就上气不接下气地进来了。

"坎塔雷拉告诉我们你回来了，所以……"米米开始说了。

"几点了？"蒙塔巴诺打断了他。

"差不多四点了。"

他还有差不多一个小时。

"我们传唤了他们所有人，"法齐奥说，"古列尔莫将会在五点准时到这儿，其他人会在这之后到达。"

"现在认真听我说，因为我说完之后，调查就归你们管了。你们，米米和法齐奥。"

"你要去干什么？"

"我会消失，米米。不要想着跟踪我或者打乱我的计划，因为即使你们成功找到我，我也不会跟你们任何一个人说话的。明白了吗？"

"明白了。"

蒙塔巴诺接着说出了卡佳跟他说的话。

"很显然，"他总结道，"卡瓦列雷·皮罗与拉皮斯狼狈为奸。我不知道其他人的情况，就靠你们俩了。很明显，拉皮斯是被仇杀。他曾经强迫齐恩去偷东西，这个女孩最后被莫拉比托杀了。所以齐恩的男朋友，显然疯狂地爱着她，反过来把拉皮斯杀了。"

"找出这个杀人犯的名字并不容易。"奥杰洛说。

"我会告诉你他的名字，米米。他叫佩皮·坎尼扎罗，一个累犯。"

法齐奥和奥杰洛目瞪口呆地看着他。

"好的，但是……不容易找到他。"奥杰洛说。

"我会给你们他的地址：加洛塔巴勒莫街 16 号。你们还想要我告诉你们他穿多大的鞋吗？"

"哦，不用了！"米米大声喊道。"你必须告诉我们你想要……"

"他妈的不关你事。"

米米站起来，鞠了个躬然后坐回去了。

"教授，你的解释从不留下任何令人怀疑的余地。"

电话响了。

"哦，头儿！哦，头儿！"

肯定是某些重要的事。

"发生了什么，坎塔？"

"局长打电话过来了！从罗马打电话过来了！"

"为什么你不把他的电话转给我？"

"因为他只让我告诉你，他希望你5：15做好准备，他会在那时从罗马打电话过来。"

"他打电话的时候直接接过来就可以了。"

他看了看法齐奥和奥杰洛。

"是局长从罗马打过来的，他5：15还会再打回来。"

"他想干吗？"米米问。

"他要建议我们谨慎再谨慎，这会是个爆炸性的问题。听着，法齐奥，加洛在这儿吗？"

"他在。"

"告诉他把警车加满油。我会自己出钱的。然后让他腾出时间来。"

法齐奥站起来走了出去。

"我还没有彻底信服。"米米说。

"为什么？"

"局长的电话，他是要让我们交权。"

"米米，如果那种情况发生的话，你能做什么？"

奥杰洛长叹了一声。

"有时候我真希望我是堂吉诃德。"

"有一个本质区别，米米。堂吉诃德认为风车是怪物，而我们面对的是真正的怪物，但他们假装自己是风车。"

法齐奥回来了，"都处理好了。"

没人说话。五点的时候，坎塔雷拉说吉罗先生已经到了。

"肯定是皮罗先生，"法齐奥说，"我应该怎么做？"

"把他领进米米的房间，让他等着。"

※

5：15，电话响了。

"哦，头儿，头儿！"

"把他接进来。"蒙塔巴诺打开了免提。

"下午好，局长先生！"

"蒙塔巴诺吗？认真听我说，一句话也别说。我在罗马，在一个副部长的办公室里，没有任何一点时间可以浪费。我已经被告知你们那儿发生了什么。别的暂且不说，你在冲动之下传唤善行社董事，这么大的事你竟然连托马塞奥检察官都不通气。现在，这个案子转交给机动小组的负责人菲利贝托警官。清楚了吗？这个案子与你没有任何关系了，一点关系也没有。懂了吗？再见。"

"谨此作答。"奥杰洛评论道。

另外一个电话响了。

"可能是谁？"警长好奇道。

"是教皇，要告诉你，你已经被逐出教会了。"米米说。

蒙塔巴诺拿起了电话，语气尽量平和，"喂？"

"是蒙塔巴诺吗？我觉得我们还从来没有机会见过面。我是埃马努埃莱·菲利贝托，机动小组新任队长。我想知道你们的调查已经到什么程度了？"

"你想到什么程度就是什么程度。"

"比如说？"

"例如，你想让我告诉你被杀女孩的姓名吗？"

"为什么不呢？"

"你想让我告诉你托马索·拉皮斯是一个女性盗窃团伙的头目吗？"

"为什么不呢？"

"你想让我告诉你是谁杀了拉皮斯吗？"

"为什么不呢？"

"你想让我告诉你拉皮斯和一个叫善行社的慈善组织之间的联系，这个组织上面有人吗？或者我应该打住，什么也不告诉你？"

"为什么在最关键的地方打住？"

"几分钟以前，局长从罗马打了电话给我。"

"他也给我打了电话。"

"他跟你说了什么？"

"他说要小心推进。"

"就这些？"

"就这些。我对案件与慈善组织的联系特别感兴趣。你看今天的自由频道节目了吗？"

"没有。他们做了什么？"

"他们给这件事情予以集中报道。这个叫皮罗的家伙的诈骗案。想想看，在三个小时内，他们播了两场特别节目。"

"好的，接下来，我的副手奥杰洛警官会直接去你的办公室。

他什么都知道。”

"我会等他的。"

蒙塔巴诺放下电话然后看着法齐奥和米米，他们听到了所有内容。

"也许还有正义的人。"他站起来说。"米米，带着卡瓦列雷·皮罗跟你一起去。他是我们和菲利贝托友谊的标志。再见，小伙子们。过几天再见。"

加洛在走廊等他。

"你可以在一个小时内赶到巴勒莫机场吗？"

"如果打开警笛的话，我可以，先生。"

※

比在印第安纳波利斯还糟。加洛用了 58 分零 14 秒。

"你没有行李吗？"卡普阿诺问。

蒙塔巴诺用力地拍了下自己的额头。他把行李忘在后备箱里了。

※

一登机，他就饿了。

"有什么吃的吗？"他问空姐。

她拿给他一盒饼干。他凑合着吃了。

接着他开始重温要对利维娅说的话，这些话不得不说，为的是让她原谅自己。他重复第三次的时候，这些话在他听起来是那么有说服力、那么动人，以至于他都要被感动得流泪了。

※

他把耳朵贴在利维娅公寓的门上，心跳得剧烈极了，以至于能吵醒大楼里的每个人。砰砰砰。也许是因为情绪，也许是因为那盒饼干，他的脸都扭曲了。透过门，他听不到任何声音。没有电视声，没有任何声音。绝对的安静。

也许她已经上床睡觉了，白白走了那么远，又累又生气。用微微颤抖的手指按响了门铃。没有反应。他又按了一次。还是没有人应门。

他们交往的第一年，他和利维娅曾经交换过彼此住宅的钥匙，他们总是带在身上。

他拿出钥匙，打开门，走了进去。

他立马就意识到，利维娅不在家。那天早上离开后，她就没有再回公寓。他看见的头一件事就是，她把手机落在前厅的小桌上了。她忘带了，这就是她没有接他电话的原因。

那现在呢？她去哪儿了？他怎么能找到她？他一下子感到很沮丧，疲劳让他不知所措，膝盖都软了。他走进卧室躺下，闭上了眼睛。他突然间睁开了眼，因为床头柜上的电话响了。

"喂？"

"我就知道！我就知道！我就知道你那么蠢，肯定要回鹿嘴村！"

是利维娅，她在生气。

"利维娅！你不知道我找你找得多辛苦！你几乎把我逼疯了！你从哪儿打的电话？你现在在哪儿？"

"我知道你肯定来不了的时候，就去坐了公共汽车。你觉得我会在哪儿？在你家！难道你还没有意识到，你每次固执己见就会把事情弄得一团糟！"

"听着，利维娅，如果你没有把你的手机落在这儿，我就能……"

像过去一样，一场争吵又开始了。